寂寞如歌

林淑貞 著

最美的存在

感謝淑貞，在第一時間，讓我欣賞她的文字。

這些年，淑貞總是幾頭忙轉著，還好從沒停下筆。許久一次的會面，我們訴說一段時日裡的孤寂與繁華，在那些激切或靜默的感受中，往往能接住彼此，享受著相濡知心的美好。

我知道淑貞堅持書寫，也欣賞她真誠探知更內在的自我。她曾對書寫存有疑惑，如〈大海中的一滴水〉篇中扣問：「整個家的藏書，是為了蓄積更多的書寫能量，書房、主臥環壁皆是書，但是，究竟寫出什麼驚天動地的文章了嗎？不知道這樣的努力是否可以被看見呢？」下一句，她給了答案：「不求今生能被看見，但願在未來的歲月裡，有個人輕聲的說，我讀了你的某書，很感動，這樣的話語也就足夠了。」從淑貞的文字中，我看見她的溫暖善良，也看見她對未來的相信。

書寫，是進入內心的簡易法門，一隻筆擁有讓生命再經驗與重新創造的力量，也可能療癒修補過往的缺憾與不圓滿，就淑貞的話來說，這彷彿是一種「再生」與「安頓」。這些年，她透過書寫看見存在，看見心情，看見眾生，也從文字中貼近更深刻的自己。自我的追尋，何止是長路漫漫，她尋找初心，也追問存在，思索在孤寂中如何昂然活著。她說：「人生，最終仍要回歸到一個人存在的事實，如何面對自己，如何讓自己好好的翻轉活著的意義。沒有心，沒有希望的人生，還能有什麼呢？是否在這個世界上也有很多人和我一樣，一直在尋找昂然活著的理由。」

我認識的淑貞是真性情，但凡念舊之人，生命裡自有輕重取捨，想遺忘與永留存的兩難，她的筆裡有著往事如煙裡美好的印記，也同時安頓過往的遺憾孤寂與漂泊。感謝淑貞讓我看見她的真實，許多反思沉澱的文字啟發了我，跟隨她去思索、去追尋，讚嘆生命的豐盛、獨特與美好。

仔細聆聽，繼續寫吧。我們都是擺渡過河的人，到達彼岸之前的走走停停，每一刻都是最美的存在。我相信，不管往何處航行，淑貞已經堅定在路上，方向並不重要，因為路上總會有人陪伴，一起走。

漢聲廣播電台「生命教會我們的事」主講人　王秀珍

詩心・書寫・存在——序《寂寞如歌》

淑貞從雲端硬碟傳來新作，不知怎地，當看完百多篇精緻短文後，竟油然浮現蔡琴悠悠唱道的〈遺忘〉……。

《寂寞如歌》共輯錄五類的散文，並各以一個單字及四字詞語，標示各輯的主題：「思：自我周旋」、「寂：沈淪耽溺」、「人：生命匯流」、「親：洄游溯源」、「歌：音聲流轉」。看似各有題旨的編目中，貫串各輯的主脈則是「我與書寫」。

認識淑貞已好些年了，我們並不常見面，但每回見了面卻總是那麼自然地就生起親熱來。但不單只是一股「親」，也還有一種「敬」，怎麼說呢？同為校園勞人，相較於我的忙迫焦躁與激昂牢騷，她的眉目神情總是那麼的澄靜安穩，那種寬綽有餘的風姿，非我所能企及。直至這次看了《寂寞如歌》，才發現看似爽爽落落，調順舒齊的她，其實收藏著這麼多亮烈的情感與深沈的孤寂；也才知道原來那段滄桑變異，是這樣分明的存在著，始終未曾消逝！

輯二「寂：沈淪耽溺」，漫漶了的寂寥、傷逝與艱虞，讀來最令人惻惻然。青春如夢、寂寞似雪，或者花鳥風月，繁花已逝的物哀共感，在這些屬乎「寂」的表象或本質的沈溺中，真正演繹的卻是悼亡！〈我記得你的容顏〉寫道：「我以為我可以忘記。在經過七八年歲月流光汰洗之後，讓你逐漸淡出生命的記憶之中，不再牽掛，不再縈繫，讓我可以更自在的揮灑生命的彩光。以為真的淡出生命記憶了，但是，在夢中，你仍然翩翩浮現，而且我是有意識地和你對話。」現實與夢境的幽冥之隔，浮露了木石證盟般的繾綣之情。我們都知道不落情緣，方能得性命之正，但，要達到這般拂塵而深穩的境界，該是多麼的艱難。

書寫，或許無法真正的自我超越，卻是作為意識與精神的最高自由性，這正是一種面對不圓滿生命的「力」。輯一「思」首篇〈寧作我〉，即展現了極為強悍與美麗的宣告：「常常和自我對話，常常和自己周旋，常常活在自我感知的過程中，讓自己很真實的活在當下，記錄當下。」由是而知，並不是即時傳播，而是延後傳送，讓當下得以長存，讓人間情事得以由有限而至無限。

但所謂書寫，終究不同於寫作，未必寫出讀者們想聽想看的故事或劇本，而是寫出了調弦正柱後的實情與真相。輯三「人」，即閑話了一些老是無端絮叨或是不知珍惜目下幸福的友人；刀截般分明，決不迎合的真實筆觸，雖是深切的責望，卻不免令人擔憂如果那位友人看到這般私散文，該會怎麼想呢？但淑貞的筆，倘若不是這麼直見性命，又怎能如此「無隔」。

輯四「親」，刻繪了生命流脈的家族故事。〈女人圖像〉敘寫姑媽、阿婆和小姨她們或剛強或柔艷的人間歲月；〈興旺家族〉則是曲曲勾繪不常往來，也不興旺的家族人事，看似庭院深深，人世飄忽的景態，實則是嗟闊傷遠而寄望無限。輯五「歌」書寫藝術，從崑曲唱唸到現代音樂，從李玉剛的京劇唱腔音樂專輯，到徐佳瑩的歌仔戲文流行歌曲。談戲說唱，盡現書寫者對於聲音曲文的鍾愛，間也映照了作者富厚淵深的詞學專長。

從高商學歷，一路攀登學術研究的峰頂；總是維持著纖細身軀，而後在講台上赫赫而華美現身的生命風日裡，難以想像這其中有多少挑戰、奮鬥與征服的堅苦精神。每個階段的書寫結束，也即代表著療癒的完成。讀《寂寞如歌》，我認為不能只看到淑貞的寂寞心，也要看她的煩慼事，才能以心會心。她的堅苦，她的寂寞，她的煩慼，都是詩！淑貞有詩心，所以書寫，所以存在！

由黃友棣作曲，鍾梅音作詞的〈遺忘〉，歌詞是這麼寫的：「若我不能遺忘，這纖小軀體，又怎載得起如許沉重憂傷。人說愛情故事，值得終身想念，但是我啊！只想把它遺忘，遺忘……。」

這載得起如許沉重憂傷的纖小軀體，是多麼令人憐愛與敬慕！

國立清華大學台灣文學研究所教授

陳惠齡於二〇二〇年八月四日夜

自序

綠樸樸的灌木短叢，平日裡，默默地收斂身影，努力地行光合作用。等待著，等待著應時而到的季節，便要華麗轉身，抽換一身姹紫嫣紅讓人驚艷、一身粉妝玉琢讓人贊嘆。杜鵑花就是要在三四月裡用最華美的身影，奪得眾人的關注。

素樸樸的綠樹，仰向天空，伸出峭拔的枝葉，努力張揚身姿。等待著，等待著季節的到來，便要脫妝改換新的衣裳，供人賞玩。十月，是台灣欒樹花開的季節，等候了一年，終於可以將華麗的身影佈告世人。美麗的姿彩，由淺而黃而紅而斑駁，順著風，隨著雨，不斷地轉換流麗的彩影，兀立成最亮眼的行道樹。

等著，待著，一年只有一季的開花，可以忍受所有的風雨，可以忍受歲月的侵襲，只為了綻放一季的花顏。等待，成就了含苞；等待，成就了花開。應時，順時，便是一季芬芳供人注目與品賞。

書寫，也是如此，經過無數次的燈火闌珊，無數夜的燈影搖曳，只為了寫出心中的故事，或是感思的情節，或是臆氣騰飛在胸口，不得不婉轉化為可以思、可以品、可以吟的文字，流轉在人世間。一字字，一句句，一篇篇，成行成段成篇的仔細書寫，努力斟酌。是無盡臆想的摩挲，是心情的吐納，是情感的抒揚與含攝。

輯一，〈自我周旋〉，是一種心境，一種態度，無論欣泣，不論歡悲，如實面對，和自己對話。

輯二，〈沈淪耽溺〉，銘記幽蟄心思的流轉，一次次，一遍遍，一回回，逡巡在紅塵裡，讓歲月無端遣渡在年光裡，讓暮色在滄茫中流漾。不能言說，不足與外人道的幽潛，只能在文字中流渡各種輾轉難以遣排的心情流轉。

輯三，〈生命匯流〉，品賞每一場生命中的遇合，閱讀每一本書中的人物，感受每一齣戲劇的角色，皆曾帶來歡欣與悲感、帶來激悸與超越。如是，真實存在或虛構假相，皆不重要了，它曾牽動眼目、心境，羅織或悲或歡的感思。

輯四，〈洄游溯源〉，書寫家族及親人交接往來的流思，回望生命之流，竟是如許的莫可奈何。

輯五，〈音聲流轉〉，宣洩生命的幽獨，猶如綠窗一桁的是如歌如吟的旋律，開啟度越古今的舟楫與視窗，伴著晨夕，往返逍遙。人生不能無歌巧囀、不能無旋律迴蕩。枯燥的生命，有了歌聲滋潤，可以撫平歲月無明幽寂。

等待出版，猶如等待花開的燦顏一樣，守候一年，甚或是一生，只為了一季的綺麗，只為了一季芬芳。如此將幽微花心敞開，是為了華麗變身，讓世人驚艷？抑是為了妝點大地，將華顏貢獻給供養的大地？

書寫呢？是吐露幽微，成就存在？抑是挺立風姿，成就文學？且讓它在滾滾紅塵中漫衍成一彎永逝不歸的流水吧！

目次

Contents

輯三：人：生命匯流

輯四：親：洄游溯源

輯五：歌：音聲流轉

輯一：思：自我周旋

寧作我

人品如詩品。是歷來詩話學者的名言，中國人也以此為詩人定格定調。此時的我，也深深相信《紅樓夢》的眾多紅粉女子，心中的思維化作筆下的詩句，不僅是生命特質的寫照，也是生命的讖語。

書寫心中的感思，與自己對話，腦中可以浮現的影像或是意象，一直是具體可感的，因為腦海積存的影像是自己常常思維的內容。

喜歡的歌曲，令人陶醉欲仙，一句句的歌詞，譜寫心中的幽微心思，流宕再流宕，不可挽救。沈淪在迷戀的歌聲中，彷彿再活過一遍歌詞中的人生、旋律中的生命。從歌曲中和自己對話，一遍遍聽唱，一遍遍的引吭高歌，似乎千迴萬迴，一遍遍，直到膩了，化了，耳朵長繭了，才能稍稍換唱它曲。習慣千遍不悔的聽歌隨著唱歌，就是要印刻在腦海之中，形成記憶中的潛意識，他年他日再聽時，便有一種似曾相似的熟悉與陌然交疊出的心緒，人生，便是在這樣的流漾中體現心情的幽深。

喜歡的詩詞，令人哀宛欲泣，分明是他人的心思流動，卻彷彿化成了我人我心的流轉心思，同體共感的心情，隔世隔代讓我們看到更幽深不可了悟的情思，一直翻飛在不知冥漠之中。閱讀他人詩句，似乎重新體會他人之情、他人之感，也在重新銘鑄的情與感，成為繞指柔的婉約。

喜歡的文章，展讀再三，似乎是不可想像的意象不斷地印現腦海，流麗宛轉的文字，銘刻著不可數的華美心思，讓這些文句嵌進心海中，不再潛轉、不再蟄伏。閱讀的過程也是和自己對話的過程，透過感知他人的情思，重新鑄造自己的感思，一一輪轉在不可逆回的生命境域裡。

喜歡看舞者表演，拿著飛紗，狂舞在風中，流麗的身影示現阿娜多姿的舞影。是的，一直覺得自己沒有很好的動作身影，卻在不斷地參與有氧課程，尊巴、希巴姆、街舞、有氧舞蹈。從不懂恰恰，到懂方塊步，倫巴，恰恰，扭扭，跳轉，舞步的熟悉，是多年來跳過無數的練習之後，才逐漸了解自己原來可以讓身體柔軟，可以讓身姿更具旋律感。每次的舞蹈課程，總是好好的跳，只為了讓自己不熟的舞步成為熟悉的。這樣的過程，其實是和自己身體對話，重新了解身體的極限，也了解自己的身形可以做什樣的動作，什麼樣的能耐。扭動腰臀，跳動舞步，和自己身體對話，也是一種了解自己的歷程。

近年上瑜伽，喜歡這些柔美而有力道的動作，讓自己探查身體的深度與韌度，不可彎的就不彎，不可扭轉就不要再扭轉，透過瑜伽和自己身體對話，才能知道平時對身體的刻薄，也才知道身體的極限。未曾善待的身體，從頭開始去面對每一個扭轉，每一個肌體的展現，上犬，下犬，駝式，拜日，橋式，一一在流轉的旋律中展現身體的力道與柔軟，從陌生到熟稔，從不知到已知，和身體對話的過程，知道身體扭轉是深層的自我對話的過程。

書寫，也是自己和自己對話的過程。將所感所思、此時此刻的心情，一一鉤勒出來，寫出來的，就是當下的心境，一旦化為文字，就是活過來了。一旦淪失而未記錄的，就是流失，再也遍尋無跡了。把握當下的心情，寫下當下的心境，也是和自己對話的過程，在記錄的過程才能知道很多事情，是飄飛過眼。過了，就再也回不來了，記錄當下，只為了曾經體驗過，經歷過，也曾經真實的感知過。

常常和自己周旋，常常活在自我感知的過程中，很真實的活在當下，記錄當下，這些曾經是當下的點點滴滴，不會再回來了，如果未曾記錄，再也不復返了。於是，不管天荒地老，不管海枯石爛，記錄，成為自己和自己對話的最佳模式之一。不是虛擬，無從追想，不必預設，就是最實在的經歷，才能成就自我對話，與自我周旋。

二〇一八年七月二十一日

攀登高峰

看到YOUTUBE專訪蕭裔芬，隨著內容展讀她的人生經歷。

原本是一位長榮空姐，因為邂逅許逸弘，單純的她，給政商名流第二代一個生命的喘息空間。嫁進政二代家族中，對她是一種考驗，問自己能否適應這樣的生活。最後，還是選擇出嫁。不服輸及努力的個性，一定要往前衝，努力打拚，在新聞的主播台上認真的工作，訪問十大企業家，也是第一人專訪郭台銘，佈局八個月，仍然抱著郭台銘未踏進電視台，消息不披露。堅持，努力，成就自己的事業王國，甚至被網羅到鴻海工作，後因不適應，再回電視台。專訪，主播，出書，在工作上可圈可點的態度，卻無暇顧及更大的婚姻：生兒育女。十八年的婚姻畫下休止符，回家照顧失智的父母，迄父母皆往生之後，人生的一切歸零。

曾經呼風喚雨，回歸到一個人，真的就只有一個人的時侯該如何面對自己。能量儲存在自己的生命底層，這種生命的韌性，無論經過什麼樣的磨難與挫折，仍然可以迎刃而解的。相信她，可以谷底再翻身，相信她可以活得更好。

從年輕時候就開始想做自己喜歡的事情，不隨人搖擺。做想做的事，讀我想讀的書，沒有任何阻力可以中止我的奮鬥與追求。一路走來，比起高商同學足足多讀了十二年的書！慶幸堅持走出自己想走的路。而博班畢業，並非終止奮鬥了，這才是奮鬥開始的時侯。在靜宜的招生簡章上，我是助理教授，是排名最後一位，當然，也是因為我是最晚進校的。但是，告訴自己，一定要努力攀越高峰，三年半的時間升等副教授，再用五年的時間升等教授，努力，一直是我的代名詞，唯有努力奮鬥才能走出高商的學歷，才能走出半低不高的大學學歷，也才能進入碩博繼續攻讀學位。

上週，九月二十三日和睽隔三十八年的導師洪秋菊以及高商同學聚會，閒道自己奮鬥的過程，聽的人也許像聽一陣風一樣過耳，對我卻是難忘的奮鬥人生。大林三十八歲退休，那時，我的人生才要開始奮鬥。博班畢業二年，開始寫升等論文及專書，開始進行更嚴謹的學術辨證，問我何以如此願意努力，問我何以有這麼大的能量可以走過風雨和挫困，只因為我想讓我的人生是一個被人尊重、被人看見、被人羨慕的對象，不要做一個路人甲、路人乙的角色，也不要任人搖擺可有可無的不重要的角色。這其間，當然歷經了各種行業的淬鍊，才能讓我如此堅持。先是在代書事務所工作，後來在關渡的工廠工作、在修車廠擔任會計，再就是會計師事務所，大學畢業之後在出版社擔任編輯工作。每一個工作，皆讓我看不到未來，看不到可以被尊重的未來。有幸到草漯國中代課，登上了教室的講台，才確實知道這是人生的舞台，要讓自己的人生翻轉，沒有努力如何成功呢？

我看李玉剛的奮鬥不也是如此嗎？二〇〇六年之前的星光大道是努力求生存發展，之後為反串女角藝術含詬忍辱，終於獲得世人的普遍體認。

深信，唯有努力，走過所有的低谷，才能攀登人生的高峰。

二〇一八年九月二十九日

自信與美麗

《天籟之聲》五位天籟唱將之中有一位莫文蔚。看到她的自信美麗充滿了讓人喜歡的正向能量。是的，要別人喜歡，先要能散發真善美的能量，才能吸引別人的關注。真的，她的認真與自信充滿了美麗的元素，舉手投足之間，讓人歡喜；而且善意的鼓勵，讓人也看到她良善的一面，不禁被她的自信美麗吸引。

另外，一個大陸節目是《媽媽來啦》，一位失婚女性，因為四年不快樂，重新學習記憶法，開發生命的知能，一登台，充滿了能量的自信，讓人歡喜，若她不說自己的過去黑暗歷史，根本就是一位充滿正能量的女子，舉手投足自信美麗。

翻轉自己的能力，就是先愛自己，學會照顧自己，讓自己活得亮麗自在。此生此世，就是要將爛牌翻轉成好牌，讓更多人看見好與美、善與真。人生的挫折終究是事實，如何走出昂首闊步的未來，仍然在自己的心是否能夠釋放？是否能夠放眼未來？走出悲情，人生的路不是由悲情堆積而成的，而是要積善心所成。業在於心的照顧，放下一切，才能拿起一切。釋放一切，才能容納一切。

在莫文蔚與陌生女子的自信中，找到自己前進的坦途。路，是人走出來的，唯有真心真實面對，才能讓別人看見美麗，讓別人因為這種善能量而更欣悅面對此生此世。

二〇一八年一二月二四日

蔡志忠的自信

聆聽訪問蔡志忠對儒釋道的感悟，他是真有所得，言簡意賅地用十分鐘鉤勒三者之異同，而且還說自己是道家，因為自信，所以不在乎外緣的變化；儒家是有所為而為，是應世而存在；道家是無所為而為，是無道才現，有道則不現；釋家則是回歸到自心。

三者有何不同？這是看的立場與角度，在平面看、在山腳下看、在半山腰看及在峰頂看，三者的領略各有不同，站在高峰上看，可知道三者皆用以安頓生命。

應學蔡志忠，不必在乎外緣事物的毀譽。

二〇一八年十一月十七日

念你，未竟的才情

閱讀詩詞時，常常流連在字裡行間，似乎是前世今生的宛轉，也是當下心情的流轉。彷彿之間，化身為書中人。

念你，未竟的才情，究竟前世是誰？今生是誰？流轉的肉體人身究竟要如何是好？

念你，未竟的才情，究竟如何排遣無聊的人生？如何面對寂寂的長路？如何走出一條不悔不尤的前途？

念你，未竟的才情，如何面對未遣的才思？應當如何書寫生命中惘惘未甘的孤寂？如何面向書海如潮浪洶湧而來？如何面向華麗流轉的文字大海去張羅永世不悔的才情。

念你，未竟的才情，如何去閱讀李白的孤舟散髮？閱讀杜甫的穿花蛺蝶？杜牧的十年揚州一夢？義山的身在情長在？東坡的多情卻被無情惱？夢窗的何處合成愁？

駕著文學之舟，可以讓我自由自在往來於天地之間，來往於古今之間，也來往於無所不在的處所。無論在或不在的場域皆是可以張羅的世界，文字成就了美好的遐思，也成就了書寫的功業，更排遣了無生意，了無意緒的枯寂。人生如何可以更華麗，用書寫成就自己，可以將未竟的才情彰顯在字裡行間，讓世人看見那一份溫存的流麗，那一份美好的存有。也許，來年來月來日，也有人用同樣的心情與你對照，與你對眼，與你在千古相遇之後的詩心裡流漾。

人生，不必預期，也不要預期，在無限的可能裡面創造無限的世界，撐大觀看的視野。流麗的人生，美好的初心，不僅僅是因為存在，而是因為凝視而美好，因為駐足而光麗，因為擁有才更值得珍惜，縱使流失也因為曾經擁有而有美好的想念，這種想念也就是不朽的。

念你，未竟的才情，獨坐書寫，排遣文字，閱讀詩心，才懂得如何去珍惜尚未流失的，懂得去把握未曾盈握的未來。人生，不是一潭枯水，而是流動的源泉。啟動生命之源，讓源頭活水汩汩然而來，享受這種豁然，享受這種無可言語的孤寂，竟也是生命中應該面對的處境，也是生命中最無可排遣的存在處境。

二〇一九年一月四日

不要相信記憶

記憶積存在海馬迴中，是深層的或是淺層的，皆不要輕易相信記憶會永遠留存，會幫你記住所有的事件或人物。

開始發現自己記不住很多事情時，才驚覺事態嚴重。

一首曾經很熟悉千迴百迴的唱個不停的歌，居然事隔一段日子之後，連個歌名，連個最高亢的歌詞皆記不住了，為何如此呢？〈梨花頌〉曾是念茲在茲的一首歌，半年之後，居然一句也記不起來。〈弱水三千〉也聽唱了一學期，居然，再重睹歌名時，有種彷然隔世，只剩下似曾相識的感覺了。〈牽絲戲〉當然也是如此了。

不僅聽歌如此，在召開「通俗雅正會議」時，看到徐小潔三個字時，有種陌然，又有種熟稔。突然，想起來是四川王永波介紹要來參會的大陸學者，居然與我有關，也居然讓我似乎忘記此事。

在宿舍開門時，開了十多年的門鎖，應該有反射動作拿出正確的鑰匙，但是，偏偏站立在門前思索，到底哪一支才是正確的鑰匙呢？

桌上堆了許多的文件，書架上也擺放許多舊日曾經著墨很深的文章、著作，甚至是很多的議題一一鉤勒出來，但是，記憶鎖不住舊日的事件，看到每一份文件，看到每一本書每一個記錄或書寫時，還在思索，是何年何月何日所記所寫？因何而寫？如此一來，整個人似乎被記憶打敗了，人生，不能只剩下記憶吧。於是，向來喜歡記錄、標示日期的我，也僅能用這個方式來和舊日的事件做個連結，也用此向過去走過的、留下的事物或文件，標示曾經共同的經驗與記憶了。

記憶鎖不住歲月的痕跡，也留不住曾經刻骨銘心的事件，一切皆變得彷彷彿彿了。而我在這個模糊的影像中要堆積生命的點點滴滴似乎更困難，也似乎變得欲振乏力了。走過的路，愛過的人，讀過的詩，念過的書，讓它一一塵封在記憶的深處吧！

二〇一九年〇三月一六日

流失

自從「想念我自己」影片推出後，加上親見師母失智之後，對於失智症非常恐慌，深懼老年之後的我，也罹患此症。害怕，讓我開始作預防性的行為。恢復以前喜歡唱歌的模式。到健身房運動，刺激式的學習自己不熟悉的事情，包括寫書法，學英文等等。整理陳舊的宿舍，重整舊作出版，一件件事情忙著，包括七篇研討會的論文，忙著，就是讓自己不要片刻休息。忙著，就是讓自己的腦筋可以不停的轉動。

害怕忘記自己，忘記過去，忘記美好，開始珍惜書寫，將生活片刻感受留存，將自己的想法記錄下來，書寫，再書寫，大大小小，林林總總，就是要用書寫來存活眼下當前。

害怕急景催人，害怕流光淪逝，害怕，害怕自己在歲月的邊縫成為邊緣人，晨起用音樂，歌聲喚醒一天的活力，用飲食補足一天的體力，再用書寫記錄所有感念的人事物，期待失智不到來，期待不斷刺激之下，不會罹患失智。

流失的智慧，智力，記憶，讓人沮喪，於是，還趁著還能書寫，還能記憶，拚命的記錄，為了有一點點可以恢復知識與記憶的方式，選擇書寫是為了記錄急景流年的傷逝。

流失，永逝不歸。在未流失之前，留下曾經的印記，讓生活有了書寫成就生命的定錨方位。永不迷航。

二〇一八年三月十七日

為未來的我，留下記憶

也許，在宇宙的的光河裡，我們的存在渺小到、卑微到，沒有任何的意義。

也許，在滾滾紅塵中的流轉，似是宏偉，但是，跌入汩汩長流的恆河之中，不過如細小沙礫般地微小而不足道也。

也許，也許，存在就是一種過程而已，終將在灰劫中成塵、成灰、成為沒有任何記量、記數的過程而已。

但是，但是，我還是願意書寫，願意為存在的吉光片羽留下滴滴點點的痕跡，只因為，想為未來年老的我，預存記憶。當我老到無法記住任何事情時，這些過程的記錄，是還我青春，還我年少的印記。

如斯，我還是願意以文字遺度曾經走過的痕跡，曾經留存的記憶，曾經經過的事件。因為，因為，當我老去，當我老邁到記不住是非恩怨時，有著一本本書籍的印記，可以為我留下曾經走過的歲月，曾經承負人間的情愛，曾經感受恩怨是非的流轉。也許，也許，為自己預存未來的回憶基點是可笑的，但，我還是願意如斯記錄、書寫、存在這些別人看似可笑的過往陳跡，只因為，我就是我，不願混同在濁世中起起伏伏一點痕跡皆無。無論是感言，是記憶，是心情，是遐思，用日記般的掃描生活的點點滴滴，就是立足存在的基點，預為未來的我，留存記憶。

當我老邁，當我失智時，無法記得任何人任何事情時，請用書寫來記得我的存在；記得曾經如此努力的活過每一個花朝月夕，每一個如鏡人生的照影。人生，也終將因為書寫而有一些光影可資憑藉，可資回憶。

預為未來的我，留下書寫，留下記憶，因為深懼年老的我，記不得人世變遷，記不得是非恩怨，還有難以割捨的紅塵愛戀。

留與他人話夢痕，留與他年話浮生。在倥傯的浮世之中，留下爪泥鴻影，也是感念存在的一點點記憶吧。留吧，留吧！寫吧，寫吧！縱是餖飣瑣碎，縱是塵纖微細，留一點點可以和過去接軌的種種文字，就可以讓我更好的活在當下，只為了為未來留下姿影，才能有更多的記憶可以連接成過去、現在、未來的索鍊，牽引著前進的軌道，一步步推進，一步步留影。躡蹤攝跡，從來不是因為忽忽流逝的光陰，也不是因為漫無目的的流光，而是，在如光河的歲月裡，有一點點的吉光片羽便是永恆的記憶了。

二〇一九年〇一月一五日

今不如昔

一直有一種很深的感覺，今不如昔。

近二年頓覺靈性逐漸消失，整個人混濁如煮熟的魚眼，不再透靈透亮了，也不再有新創的能力與動力了。有了這種感覺之後，第一要妥善的記錄自己曾經有過的想法與能力，也要趁著記憶未失，能力尚在時，好好善用未失的能力與記憶書寫下來，否則，一轉瞬，什麼也瞬間消失。

人生代代無窮已，何以在此時此刻書寫心情？何以在此時流轉肉體人身？在流走的歲月之中，尋找自己的遊魂，卻一直不知道此生此世何以如此？這是什麼樣人生可以回望的影像？是什麼人生可以凝視的剪影？

今不如昔。遊走在歲月的邊縫之中，哀聲嘆息，也只能讓自己聽，讓自己看，不能外流，怕空虛的人生，從此被洞開大門；怕人生的路程，從此沒有回頭路可以回視。

二〇一九年七月三日

往事如煙

邀請日本學者阿部泰記教授蒞校客座講學，課程排在週四上下午，俟課程結束，再一起到德馨餐廳為阿部伉儷接風洗塵。

我是個靦腆的人，夜宴中話語不多，作陪的仁昱主任是位善良的人，和大家言談晏宴，笑語如風。

不知怎地，話鋒一轉到北海道強震，親身經歷這場七級災變，頓時話興來了，拿出手機，秀出照片讓大家看看我們數日的遭遇，找水，找食物，充電，排隊再排隊，成為城市的漫遊者。

又談到當年在山口客座時的三個月寫了一本散文集，頓時，我的話興又來了，談說當年，每個假日規劃出遊，走過很多地方，也看了很多自然與人文風景。似乎，美好的景致重現眼前。

如今，要我再一個人獨自出遊，能嗎？有遊興嗎？有無這個動力呢？也許日漸老化，很多事已能無歡不動心了，連最愛的旅遊也是如此，而今，還能再獨自出遊嗎？

今天，在家中，不經意的翻讀當年寫的《水月東瀛夢》一書，隨意翻揀著當年出遊的情景，仍然如繪歷歷，情景再現。一個人行旅的感受最是敏感的，如果是群遊，則是盲目的跟著走，一點兒大腦也不會用，展讀其間的文字，幸虧自己寫下來了，否則他年他月他日，如何再翻記這段記憶呢？人生也許有很多可能，但是，這些經歷如果不由文字存記，則如何牽成、漫衍成人生之旅呢？

感謝當年的記錄，讓自己可以不隨歲月流失這些記憶，也替自己的勇闖日本留下雪泥鴻爪。人生，有很多可能；也有很多的不可能。當你記錄生命的過程，也就是深刻和自己對話的時候了。

雖然往事如煙、如塵、如夢、如幻，在幻影中存錄自己的姿影，仍是可以藉由文字書寫而得到慰藉的。

二〇一八年〇九月一四日

塵埃

研究室內堆了十一櫃的書籍，多是教學用書及學界或文藝界朋友的贈書。二〇一六年四月舉辦國際唐代會議，大陸學者來訪，送了很多書給我；九月又赴四川參加大陸「唐代文學國際會議」，因為贈書太多，以郵件寄回台灣。書籍就一一陳列在書架上，平時忙碌，無暇檢視送書，俟近日得空，看到李浩送的四冊一匣書函，打開閱讀《行水看雲》《悵望古今》等書，內容豐富多元，包括生活隨筆、讀書筆札、社會感思、文藝思維等四冊。覽閱之餘，也思考自己的定位。

看到李浩的文章，也感受學者文人平時以文娛遣人生。前陣子王基倫也出了二本書，還辦了新書發表會，近日發LINE告知我，已在暢銷排行榜第八名了。很替他高興，但是，我不能像他一樣，辦新書發表會，一來是個性幽潛，不喜張揚，二來，似乎要將心事曝光，更非所願。所以，只能在書海的伏流裡流竄，不需要更多的關注。

書寫，是抒發生命情思，也是療癒生命的創傷，自舔傷口，何必示人？何必出版呢？這就是一種百折千迴的心境，既要人知，又懼人知。

書寫，成為文人學者必須耕耘的事業，既有學術之論著，又有生活感思的點滴，當我看到李浩的書籍時，內心也興起了同感同念的想法，把自己的意念化為文字，此時不記錄更待何時呢？此時不書寫，更有何事可記可寫呢？

然而，當作者努力書寫，奮力出版之後呢？誰是讀者？誰是遺度你幽微的人呢？千秋萬世之後的讀者還能記得這些如塵似埃呢？

琳瑯滿目的書海，我們的著作也不過多似大海的涓滴，終將入流、入海，終將成塵，成土，而誰還能在數年之後，甚或數千年之後記得這一字一句的情思流轉？記得這一字一句的幽微心境的感動？

著作的意義是什麼呢？總是要記得書寫是療傷的方式之一，然而千百年之後，成土成塵的著作意義是什麼呢？雖然不敢想望千百年後的事情，至少在有生之年，以此遺度，讓我度過最悠悠難以言說的孤寂，讓我能夠因為有書寫一事可以張羅，管它成為陌上塵、陌上土，管他成為大海涓滴無聲無響，管他是風花雪月中被融蝕的一團雪、一朵花。努力書寫，奮力書寫，對我的意義就是存在的事實，以聊遣無以言說的幽寂。

縱使著作終將化作煙塵消匿，終如煙花一閃即逝，仍然願意書寫，記住自己曾經有過的心思流轉，記住自己的心情潛流在人世中默默流洩。

二〇一八年一月二日

失眠與常軌

失眠，直到午夜十二點多還睡不著，不知道躺了多久了，感覺餓了，起來沖泡飲品喝。又不知道過了多久了，還是餓了，再喝一回吧。

再躺下去，希望往睡神的深處行去，卻依然睡不著，不知道是不是恍恍忽忽進了睡神的園地了，迷矇之中仍然睡不著，只好鼓起勇氣看錶，才四點多，那麼距離六點尚有一個多小時呢？早八的課程，我將鬧鐘訂在六點，讓自己可以好整以暇的起床，梳洗，用餐，現在才四點多，我是睡？抑是起呢？還是躺下吧，因為今天有五堂課，必須養精蓄銳，才能有更好的精神在台上演繹課程。

在床上翻轉數百回，仍然輾轉反側無法入眠，好吧好吧，起床，起床，不再睡了。對付失眠的狀態，往往要用飲食來補眠。吃好吃的，喝好喝的，讓自己體力充沛。至早餐店喝豆漿，吃三明治，可以養足一天的體力。

步行十五分鐘到研究室，再梳洗，備課，上課。站在講台，真的已經忘記失眠的失重情形，努力講授蘇轍為東坡寫的墓誌銘，再講〈行香子〉，觀潮，講用典的優缺點，講興法，講今昔結構，情景結構，今昔對照等等。似乎，真真忘記了曾經努力在睡神的麾下被驅趕的無助了，站在講台上，就是氣勢雄偉的女王，就是霸氣的國王，也是無所不在的上帝。二節課的東坡詞讓我盡情盡興的展演東坡在三十七歲杭州的情狀。

下了台，回到研究室，疲累的眼睛似乎有點張不開來，無法做細膩的思考工作，只好收發電子信件，也讓自己稍適休息，準備下午到彰師的課程了。

腦力無法集中，看著讀詞常識第三章第一節，怎樣就是無法進入狀況，滑過各頁，什麼也沒進入腦海之中，好吧，只好休息，不再備課了。

將熱水瓶的電插頭拔下，茶杯清洗乾淨，垃圾倒好，電腦關機，看看ＡＰＰ，三十三路幾點到站，要預備出發往高鐵站前進了。關了冷氣，將沈甸甸的課本及外套帶好，出門去了。

一段只要十餘分鐘的路程，公車繞路要走三十分鐘，縱使不塞車也要札札實實花上三十分鐘。因為到高鐵的時間未能確定，直到臨站時，我才能再看ＡＰＰ，101路到底何時可以抵達，讓我銜接到彰師大的班車。

約有二十分鐘的時間，101才到高鐵站，於是，速速登上二樓大廳買午餐，想吃漢堡，到摩斯臨櫃買了個牛肉漢堡，從來沒有點過牛肉口味的漢堡，想換個口味，結果一打開，ＧＧ了，充塞著生生的洋蔥碎丁，怎麼辦？吃還是不吃？不是我不喜歡吃，而是臨在上課前吃生洋蔥，口氣不佳，怕薰人，我往往在早餐或是上課前不吃辛香食物，因為這樣才能保持口氣清香，可是眼前是塞滿滿的洋蔥丁，好吧，吃就吃，薰人就薰人吧，反正今天的狀況特別。

平時的白天，搭乘公車者以老弱婦孺為多，習慣當個依靠公車出入的旅者，候車，是必須忍耐的等待，在五號月台上車，有一位婦人向我抱怨到彰化的公車等很久，我說，還有八分鐘就來了，再等等吧。在等公車的時候，不是聽歌就是閉目養神，讓眼睛好好休息。

從高鐵到彰化原住民館，約須二十分鐘路程，路程雖然有點遠，但是，偏僻，極少塞車，上下車的人也少，直線前進，不似三十三路繞市區，要繞半小時，所以反而行進速度很快。

到彰師，習慣在上課前，先到圖書館休息，因為下車走進德路約十分鐘的路程，往往汗水淋漓，必須進圖書館讓汗流乾，也稍適休息。

到圖書館，一坐下來，才覺得很累，因為提著沈甸甸的課本走了十餘分鐘的路，再加上失眠的呼喚，真的很累，我趴在桌上迷糊的睡了一會，很沈的睡著了，有知覺時，還想繼續睡，看看手錶，尚好，可以賴個十分鐘吧，體力養足了，再前進明倫堂上課，學生已到來了，三節課，我想，我可以完成的。

第一節先講《讀詞常識》第三章第一節，詞調的來源，發展，名義，異調數體，與音樂性的結合，令引慢近，促拍減字等等，第一節授畢，再進行詞作的賞析課程，今天的重點講李白正變的異說，講白居易的憶江南總分結構。過渡到第二節課，講韋應物的調笑令，講花間詞的特色。過渡到第三節課，講溫庭筠詞的特色，及其被誤認為有託喻的可能性，剩下半節課，就是要讓學生練習對仗，上週已先講對聯的格式了，本週進行對仗練習，巧對不易，要學生上台寫對句，幾位同學很踴躍的上台書寫自己巧構精對，對於太好太差的同學愛憎心不能太強，這樣會讓學生覺得反感或不舒服，一律以肯定與鼓勵的方式給同學正向的鼓掌。就在練習中三節課走到頭了，再拿起麥克風說明今天講授的重點，要同學不必死背詞調的內容，再下課。

每回下課，必須迅速看ＡＰＰ，什麼時侯公車到原住民館站，因為進德路有點長，其實走路很好，只是提著課本重物，不適合急走，要給自己很寬裕的時間，再者，三節未如廁，也要去盥洗一下，才能從容往車站前進。

經過幾週的測試，通常是五點八分到十分公車將到站，所以，我未能多加逗留，還是得快快前進。因為提重物及進德路有點長，不能好整以暇的行走，必須快速前進。

結束一天的課程，失眠似乎無所影響與威脅了。

為何自己有如此的耐力可以撐住中興、彰師五節課，而且從台中到彰化再回竹北的舟車往返呢？想來，也是多年的磨鍊吧。以前失眠，累到只要一坐下來就會打瞌睡，尤其是在早八的課程，真的不能坐下來，而且常常要背著學生打哈欠呢。

搭上往竹北的高鐵，整個人就輕鬆多了，而且就著鯖魚便當，在高鐵車上用餐，也是省時的方式。精省時間，是對於忙碌的我，最好的規約與生活模式。

生活有常軌，當匯入了生命的軌道之中，凡事皆平順前進了。

二〇一八年十月十三日

一夢如花飄零

在研究室的書桌上擺了一瓶桔梗花，花枝搖曳，生命靜好地流洩出容顏，沒有蜂蝶，卻有韻味，讓整個研究室因為有了花容的映照，似乎有了好的生命力了。人生如許，總是要將最美好的一面展示，才不枉負一場生命。桔梗花的容顏開綻，要陪我度過風風雨雨的人生，可是若不開綻又將若何呢？若是開綻，不遇賞識之人，又當如何呢？走在人生的路上，總是看見自己孑孑獨行，花兒與我相照，又能陪我多久呢？沒有人知道命定的未來，這是幸或不幸呢？走著走著，總不能回頭，只能努力往下走了。

是的，只能往下走，花開花謝，就是一種過程；生老病死也是一種過程，且珍惜人生一遭，如願，努力為自己留下姿彩吧。

要做人上人，要吃苦中苦，沒有努力，那來的美麗花朵盛開，甜美豐碩的果實可嘗？往前走吧，不要管外在的世界變化，回歸自己的創作，提高自己的能量，只有書寫，提振存在的意義。

試想，人生何必如此如風流飄？人生何必如此如水飄流？何必如此如花開落？何必如此匆匆趕著生命的風景。流風麗景，等誰張望？情思若苞，等誰遇合？歲月匆匆如梭，只等著自己努力去張羅。

浮生一夢，如花飄零，最終仍是塵土，仍是回歸零散無有。

一週，重回研究室，桔梗花雖然仍有水，卻日益垂頭，生命無可迴歸，最終仍得面對凋零，在凋零之前，我將花抽出，將水倒盡，將枝椏縛在一起，倒垂著，希望保留花顏在枯槁之前，讓她的花顏做永遠的留念。到底能否留住花顏，仍無可說也。至少努力了。

浮生，若夢，若花，總要在飄零之前，學會華麗的現身，再無奈的凋零。

二〇一八年一月五日

厭世的故紙堆

近日審查一份文白之爭教育評言；一份跨領域的國文教學計畫案；一份學生的作業寫辛詞的大鵬意象；一份升等副教授的文學、旅遊、文創的共同建構；一份胡應麟的《詩藪》；一本碩論談魏晉志怪的感應。幾份交雜在一起，突然興起厭世的感覺，故紙堆中做學問的意義何在？只是為了刊登在期刊，為了執行計畫案，為了獲得學位，對於民生何益，一篇論文大約要花了半年才能搞定，從閱讀原典，蒐集資料，撰寫完稿到投稿審查，修改刊登甚是耗費時日，然而一篇論文的意義何在？可以指出什麼樣的生命方向？以前也一直質疑研究的目的與意義，至此，仍然覺得這只是學術規劃，層層高疊而成的軌道要人遵循而行，不能越軌而脫逃。走不出研究的視野與框架，突然覺得在故紙堆中的研究，耗時耗力耗費精神，究竟可以得到什麼民生效益呢？圖書館書架上每一本學位論文皆是莘莘學子披星戴月而完成的成果，最終又如何？堆疊成一本的字海高度又如何呢？又有何意義呢？

人生的意義是在故紙堆中研究嗎？胡應麟的《詩藪》，究竟與現代的關連性何在？不懂不讀，難道活不下去了嗎？六朝感應不懂不讀又會如何呢？

真的，這是從事研究多年來一直扣問自己的話，也要不斷地追尋其意義何在？人生，真的只能在故紙堆中存活嗎？不做這些研究拿不到升等，拿不到學位，換不到工作，沒有正式的職位，人生是淒涼的。但是，拿到了又奈何呢？不過是一篇篇一本本堆積的故紙堆，一點作用也沒有，如此，更強化了研究的厭世感！可是，人在江湖又能奈何呢？走出研究高塔，探詢意義，追求永恆的文學價值，才能成就研究的意義。

二〇一八年六月二十六日

試問書寫意義

學長周慶華是一位非常有研究與創作能量的學者，自退休之後，潛居台東努力著述，凡有新著必定寄送一本讓我閱讀。

每次捧讀學長的新著，心中有一種歡喜，也有一種感慨。書寫到底是什麼意義呢？可以讓人息隱在僻鄉之中努力著述？不悔不尤，一本接著一本寫下去，這樣的書寫意義可以堆疊成什麼樣的人生呢？每一本書的厚度是在為歷史積澱知識？抑在為我們開發生命的意義呢？深沈的論著與感喟的創作雙軌構成他對學界、學術、創作的探捫，以及深深回饋生命給定的長度與廣度，每一字每一句皆是沈吟許久之後才落筆的珠璣。閱讀，往往有一種膠著的沈重感，似乎是歷史迴廊中的輕吟短嘆，也似是落在人間難以排遣的幽才在巷弄中發出咿喔的胡琴弦聲的低吟。

《走出新詩銅像國》又是一本新詩論著，與之前的《詩後千年》的新詩創作有所不同，後者演繹詩經之後千年的詩學發展，以歷時性的新詩語句淘洗江山歲月所出現的詩國英雄豪傑及自己的感慨，後者是以論述的筆觸進行新詩的反思。每每，在覽閱學長的著作之後會擲筆長嘆，人生，下一步應如何前進？是更輕快的跳躍著抑或是踉蹌的匍匐前行？

單向道的人生，沒有回頭路，也不可逆迴，選擇退休之後以筆耕自娛，是不是學長原來就預定好的人生規劃？還是書寫有著令人著迷的魅力吸引他提早退休，更好的潛居完成名山之作呢？

從來不必問，也不用問，到底書寫的意義是為了自我實踐，抑是為了積累知識的能量，只有創作者自知，也只有千年之後的知音，可以在曲折的歷史幽巷深弄中辨識同體感受的心思。

閱讀，成為生活的方式之一；著述，成就生命的深度與意義。

二〇一九年八月二十九日

生命的流轉

生命是河流，有匯流，有支流，也會有流向，往往因人而異。每個人皆在前行的河道中流向自己的前途。每個人也在面對自己生命的課題，總括就是求學，求職，求偶，求房，求平安，求健康，求長壽，求名，求利。

站在職場上，看到A在工作上的勞累付出，遞出辭呈而未獲准。看到B擔任資訊主管，每有重要事件，就算是深夜、假日，也要緊急奔回公司解決問題，近日因為資訊室被破裂的水管灌入而前往處理，直到夜深人闌才歸來。看到C屢從教職節節敗退，一校轉過一校，一封封履歷不斷地投寄而未獲消息。看到學妹任職一流高中，卻往往為學生輕視人文的表現態度而無奈。看到流浪博士一職難求，看到修畢中教學程的學生，轉考於各縣市的教師甄試或代理代課，也是東奔西走，勞勞營營。看到學生考公職，一歷數年而未能稱心如意上榜。求職讓人焦慮，職場過度勞累也是一種勞頓。

站在求學的視角觀看，年輕的學子們也是不歡不樂的。看到就讀私中的D，國二被升學壓得食不知味，整天沈溺在書堆之中；看到E到埔里普台寄宿就學，常常離別依依的住在埔里。看到F為了學測推甄忙著打寫自傳及備審資料。看到G為了考研究所，大三開始往返補習班加強應考科目。看到H為了下線，一直到研究室DIBUG，濕冷天氣和學長學弟們窩在共同的研究室裡形成革命情感團隊。

站在求房的視角，看到自己找房六七年有餘，口袋太淺，房價太高而逡巡下不了手，不想讓餘生揹太多房貸，只想好好度日子，不敢買太貴的房子，而不斷地尋房。

站在求偶的立場觀看，身旁一群曠男怨女，因為遇不到對的人，一直蹉跎歲月，年過三十，四十，五十，仍然摽梅無期，青春流逝，無法邂逅白馬王子、白雪公主，也無能奈何。想挽住的青春卻無情地悄悄流走。

健康也是一項令人扎心的事。婆婆年事已高，膝蓋不能受重，行動遲滯，常常很無奈地頹坐在電視前看過一齣又一齣的韓劇。繼之而起的是牙口不好，咀嚼緩慢，常常一餐要吃上一二個小時，讓人看了很不忍。買了一些軟爛的食品，包括魚類，巧克力、蛋糕、包子，希望能讓她有個愉快的用餐情境。喜歡趴趴走的老媽，前年跌倒，大腿骨折，經過年餘的休養生息，已不似以前一樣到處騎腳踏車趴趴走了，尤其是到新竹的次數日少，主要是因為行動不再俐落了。每年春節會跟著進香團到南部拜拜，今年也說不去了。對於喜歡到處蹓躂的人而言，不能行走是一種酷刑，去年我也因故跌倒，近三四個月行動不便，鎮日鎖在家中，實在是很折磨人。同理心感受婆婆及老媽的情況，也真能體會她們的心情。

面對生命的磨難，每個人皆奮力作為。有時，心情不平靜時，也求神拜佛，希望得到心靈的安頓。

雖然，流轉過程，充滿抉擇的維艱與求不得的困難，然而，每個人皆在面對流轉的生命，不能逆回的流向，是我們必須勇敢前航的動力，在迎向前途的過程中，也只能無怨無悔的往前邁進而沒有退縮的餘地。

也許，我們羨慕有些人站在高處，令人引頸企望，看他們華麗光鮮的外表，煌燦引人注目，焉知他們也是經過多少的奮鬥才能開美花結善果；看到居高位成大功者，他們也是堆疊了多少生命中的青春才能爬到這個位置？不必欣羨他人，努力實踐自己，勇敢面對自己的人生課題，就能夠迎刃而解，迎風飛翔。

二〇一八年二月九日

安頓

每個人安頓生活的方式不同。

買大樂透，買運動彩，對發票，到宮廟兌換錢母，到寺廟求財神保佑，希望能在經濟上有足夠的意外之財改變生活。小小的發票，就算是對中最小的二百元，也是一種小確幸。

看到芸芸眾生，有的努力工作，有的努力讀書，有的努力生活，有的努力經營婚姻，甚至看到努力吃飯的人們，也自然發出一種安頓的念想。

不管人們想安頓的是生活、工作、課業、事業、愛情、婚姻、健康，皆能讓人發心發願孜孜經營。安頓，似乎是一種追求過程中的結果，縱使再艱辛，再苦辛，再困挫，終要努力邁向前去，沒有風雨，沒有雨雪，如何有晴天麗日呢？

春節期間，在宮廟看到善男信女們，有的手捻清香，虔誠祈禱；有的點光明燈，為家人祈福。理由或許百百種，但是，祝禱的誠心是一樣的。

不知因何？也加入了春節祈福拜拜的行列之中，到慈佑宮，十柱香，從一樓，一爐爐的拜，祝禱，插香，拾階而上，共有四層，先上後下，十柱清香最後在虎爺爐前插畢完結。

事先，已請親人幫忙安置全家福的光明燈。初二，遊饒河街夜市時，又全廟親拜一回，心中還是有個念想，不能不達成。於是，初四，再視自到慈佑宮再點賢及自己的光明燈。

是心裡覺得不夠妥當安穩，非得透過點光明燈的方式讓自己的心靈得到穩當的感覺嗎？這種不穩的念想，讓我非常掛念，遂在完成點燈之後，才能有安頓的感覺。

明明知道命理無可測，不可臆，無可猜想。年紀越長，似乎也越來越向宮廟寺院親近。年輕時，只到台北道場拜拜祈福，現在呢？似乎有種做儀式的感覺，從去年開始，重新回到慈佑宮拜拜。因何如此呢？

應驗了，江湖走老，膽子走小的感覺，以前年少青春，無悔無懼。而今，識盡愁滋味，才知道命與運是人生之中最不可究詰的事了。只能祈求平安，祈求順利。在天理命運之前，我們皆要謙卑，皆要低頭。縱使，努力再努力，仍然無法猜想上天要出什麼難題給我們去面對、遭逢，要讓我們承受什麼樣的人生課題？學會謙卑，也努力種福田，以歡喜心與人為善，說好話，做好事，與人方便，與人圓滿，似乎，也只是目前可以做的事了，不管來生來世如何？但求此生無傲無悔。這樣，似乎才能讓心靈更安頓與平和了。

常想，此生，此世，此時，此刻，到底我的靈是什麼？感知是什麼？來生來世之後，又能記憶多少？忘魂湯喝過，奈何橋走過，什麼皆不記得了，那麼執念於來生來世有意義嗎？有人能有慧眼洞識前世前生？我是信或不信呢？信又如何？不信又如何？行走在此生此世，難道一定要理解過去才能過眼下的生活嗎？一定要種來生來世的福田才能在當下安穩過活嗎？

因為一場意外，晴天霹靂的意外，讓平順的生活陷入了困境，從此，人生路上少了陪伴的人了，我能奈何？有人對我說，曾經愛過，至少無憾！有人說，曾經擁有，何必天長地久？因為這場人生的意外，讓我覺得世理無常，無常到無可想像，只能更謙卑的面對命運活下去，只能讓自己擺脫所有的悲情，快樂的迎向每一個可能的日子，這種心境，真的是無人可言，無人可知，也不想對人言，對人道說。一切領略在心頭，也不想讓關心的人悲傷，不想讓他們放心不下，只能努力的敲著字鍵，讓清寂伴著文字書寫，以此為窗，療癒著心靈的創傷，人前，要勇敢，要歡樂，將A型的幽傷潛藏心底，沈澱心底，將B型的歡笑帶給大家，這種反差一直是我內心的掙扎，也是不足道的心境轉折。

安頓，是心靈的安頓？抑是心情的抒發？透過書寫，看到心情流轉的自己在每一個當下有不一樣的心情，也看到流轉歲月中的起伏跌宕的情緒轉化。每一場，每一回，總是不斷地呼喚自己一定要歡樂，要用最美的心情活在當下，不卑不亢的活著，一定，一定。不斷地呼喚自己，一定要快樂，清寂人生，如何歡樂？只能以書寫印刻人生的悲傷，以書寫留存生命的軌跡。

滾滾紅塵，塵裡塵外，塵世中流轉，只能做自己能做想做的事，也做自己覺得可以悲遣心情的方式，在紅塵中，如孤島存活著與世隔絕的孤寂，也如曠谷幽花，在冥漠之中，淡淡地自存自活，自開自謝。

二〇一八年二月二十二日

千里落花風

搭火車北上返家，一路蜿蜒迢遞，心思也跟著流轉。

年少時，有位朋友是新竹人，那時，新竹對我而言，是一個遙遠的地理名詞，幾次親到新竹，覺得人情世故不同於台北，那時候的感覺，出入頗不方便，沒有便捷的公車系統，整個城市的感覺是喧囂與蒸騰的，到處充滿了豪宕不羈之氣，何以有這樣的印象，也說不上來。原來是城隍廟給人的印象，人氣雜沓，熱氣蒸騰。而機汽車橫衝直撞的感覺是如此的鮮明印烙腦海。

後來，亞傑到國民黨香山分處工作，又轉到新豐的某高中任教，碩士班畢業以後，也到元培任教，似乎離不開新竹的召喚。民國八十七年，我博士班畢業後，也和賢賢移居新竹。想不到我和亞傑二個台北土生土長的人，會落腳在新竹，連第二代賢賢也在六歲時一同移居到新竹生活。

和新竹似乎有個牽牽絆絆的關係，剪不斷理還亂，轉瞬之間，也即將屆滿二十年。但是，居住了二十年的城市，究竟是家鄉抑是他鄉呢？東坡云：此心安處便是吾鄉。可是，遙遠故鄉的呼喚，一直是魂夢牽掛的地方，此心縱是安處，亦難掩故鄉的呼喚。而賢賢呢？長年居住在新竹，已將新竹當作自己的故鄉了，兒童畫作吳歌楚語是東坡對長久羈旅行役的感慨。而賢賢身分證上的「F」標幟著新北的印記，但是他，總是錯以為自己是土地土長的新竹人呢。

家在台北，久作新竹旅，而工作地點在台中，來來去去，似乎分辨不清何處才是可以定靜安頓的地方，何處才是可以長居久住之處。原來，在內心深處潛藏的，仍是台北的街衢阡陌引我關注，仍是那一條條熟悉的巷弄讓我必須好好的品味，來去之間，回來與離開之際，仍然忘不了南港熟悉的街道，忘不了圓拱橋，忘不了中研究及胡適公園，也忘不了曾經在永和度過的歲月，無論晴陽雨日，無論風朝月夕，每一個景致，每一個巷道，皆是一個逗號，引領我注目回憶。每一個花枝招展的招牌、每一個定靜的站牌，皆是句號，引領我回首深思，這就是家鄉的感覺了，無論我離開多久，無論歲月如何的綿長悠遠，故鄉的召喚仍是他處無法替代的，仍是心底深處蟄伏的潛龍，時時要做翻飛升騰而上的姿勢。

行走在新竹的巷道衢陌，生活了七年的地方，熟悉感不亞於台北，西門街臨城埕廟的黃昏市集以及三廠市場皆是我留連的地方，城埕廟的柳家滷肉飯、郭家的潤餅、成家肉粽、新復珍的竹塹餅、海瑞的摃丸、新竹牧場的滷肉及小甜食在在品味著在地的滋味；護城河親水公園、東門城的新竹之心、石坊街的石牌、十八尖山的花海、汀埔圳的富士櫻、天公壇的十大夜景吊橋，那一景不留下深刻的足跡呢？

行走在竹北的街道中，生活了十三年的處所，熟稔感也不輸台北，艾莉的戚風蛋糕、均鎂的杏仁酥、RT的麵包、新月沙灘、鳳崎的步道、文化中心的音樂廳、竹筍公園的燈會、采田福地的波斯菊、新豐的向日葵，以及更遠的新埔義民廟、北埔的三九號擂茶及璞鈺的素食，皆是常常留駐的地方。新竹及竹北二個地方共生活了二十年了，熟悉的穿街走巷，仍然有種異鄉的感覺，何以故？何以故？是自己自絕於此情此地此景？抑是他鄉永遠無法做為家鄉來經營？

一笑出門去，千里落花風。值此暮春三月，落英繽紛。想想，自己也似飄飛在萬紫千紅中的落花一般，隨風飄飛在新竹、竹北，這種命運的安排是你無法選擇的飄零感受，深刻的印烙在生命之旅中。何處回歸？這是一種最難究詰的心情，也許有朝一日，當我回歸台北時，也會思念新竹的種種，這個曾經走過最風華歲月、最青春華年的城市，也將成為留駐記憶的處所，也將重新成為魂牽夢縈的地方了。最終，或許自己也將迷失在記憶與回憶之間，迷失在故鄉與他鄉之間。

二〇一八年三月二十九日

大海中的一滴水

凌晨，看到學妹ＦＢ跳出一篇小文，標題有幾個字非常吸引我：我覺得活著。瀏覽內容，是向大眾申訴投稿某期刊，被一個審查委員評得一文不值。甚至說未參考某碩論，學妹說，那篇碩論正是她指導的，審查委員竟然不知道指導老師的論文比學生有深度有開展議題。並且說這樣的審查意見，不知道該如何面對。就像投入大海中的一滴水，悄然無聲。

是的，我們都是大海中的一滴水，流進大海之中，無聲無息。一篇論文，被審查批判之後，沒有聲響地被退稿了，投稿者僅能默默接受絕無申覆的餘地。只能自己掩飾悲傷，自我療傷，繼續轉投其他刊物。除此之外，尚能奈何呢？

未知，從何時開始，投稿變成一個可怕夢魘，學界每個人必經歷練的夢魘試煉。

屢投不中，再投，再投，就是要將自己的文章刊登出來。一級不行，轉二級，轉三級，自動降級，為的就是刊登。其實，像我這樣老的人了，投稿不是要升等，而是見證自己的存在，仍有研究能量的存在。不願意像一滴水滴入大海之中就悄然無聲息了。我是動物，還有動能，還能研究，還能指導學生。

近期審查三篇國科會論文，總希望給申請者良好的建議，讓他們能夠好好發揮所長，寫出曠世鉅作。但是，也希望別人同理心的對待我的計畫案。

感覺，整個學界有溫馨的一面，也有肅殺的一面。溫馨的是人世間的情誼，而肅殺的是審查制度的嚴峻。面對整個期刊無申覆的審查制度，似乎也莫能奈何了。

只能自己更堅強更勇敢的一而再，再而三的投稿。曾有一稿四投，才刊登。而且是自己願意降投三級期刊。人生至此，天道寧論？

研究，一直是我的本位，每天汲汲營營，孜孜矻矻的端座書桌前，努力閱讀與書寫，似乎，形成一個不變的規律了。日前，為了整理詩話美典的書稿，早起，有多早起呢，有時四五點就坐在書桌前了，檢閱參考書目，比對原文，一頁頁的翻檢，一字一句的修改，總是希望將最美好的文字與論述呈現出來，最後，將文稿寄交新文豐，這是第一次和新文豐合作，未知審查結果如何，按照流程，需要一年的時間，我不會靜候的，手頭馬上又是整理札記的稿子，希望拖了一年多的文稿可以早早出版。

研究，一直是我的本位，整個家的藏書，也是為了蓄積更多的書寫能量，書房、主臥環壁皆是書，但是，究竟寫出什麼驚天動地的文章了嗎？不知道這樣的努力是否可以被看見呢？不求今生今生能被看見，但願在未來的歲月裡，有個人輕聲的說，我讀了你的某書，很感動，這樣的話語也就足夠了。

國寫閱卷時，某公立大學系主任對我說，談詠物詩，有參考你的《中國詠物詩「託物言志」》一書。我心竊喜，卻未敢欣悅的形容在臉上。她邀我到學校演講，我欣然答應了。我們是應學術而認識，也終將因學術而深交。想不到早年的升等論文居然還有人注目。而近日張晏瑞也傳了一張照片給我，說國家圖書館正展出我的一本書，居然還是「託物言志」。這真的是一本暗藏在書堆裡多年的舊著，經過這些年，仍然被注視著，激勵我更有能量往前寫更多的書，更多的創作。

雖然，是大海中的一滴水，但是，我要做那個有水花的一滴水，要做那個不同凡響的一滴水，一定要以自己的創作能量激發更多的學術火花與動能。

二〇二〇年三月七日

無窮迴路

書寫，是一條無路可迴的道路。一往無復，一去不回，無窮迴路，成為事實的人生，也是不可回挽的人生。

不知道從何開始，不再投稿。當我收到一箱文件，拖了數日才開，原來是雲科大寄來的沈德潛的刊稿單行本。這是什麼樣的心情呢？當投稿四投不中時，內心的焦灼是無可言喻的，但是，投稿刊登，真的是一種喜悅嗎？無歡無喜是此刻最深沈的心情，無人可知，也不想讓人知道這種陷落的心境。

常常審稿，碩博士論文，升等論文，期刊論文，計畫案審查，評鑑審查，無盡無休的審查，究竟可否提升自己書寫的能力呢？

昨天看到一篇彰師文學院的審稿，寫詠物詞，只有分類，論述乏善可陳，甚至前人成果皆未能充分應用，這樣只能作為習作而已。再審東華一篇論文，雖然有所論述，但是史料太多，讓自己質疑究竟要如何書寫才能有創意呢？日前自己書寫帝國民國的輓歌，也是史料過多。大抵，看別人的缺點容易，看自己的缺點較難，主要是盲點所致，自己站的方位往往決定自己看的方向，沒有辦法跳脫自己看的角度，也只能沈淪在自己看到的視域，而不能有所突破，因為如此，也讓自己懷疑書寫的創見究竟要如何呈現？是寫他人少見少碰觸的議題，抑是書寫自己發心創發的喜悅？沒辦法走出自己的視域困境，只能沈淪在別人論述之中，究竟還能有什麼創見呢？

不斷地和自我交戰，如何創發新見，如何見人所未見，如何論人所未論，似乎和自己交戰是一直存在的事實。如此一來，面對退稿，改稿，是一再復現的人生場景。不斷地修稿，改稿，投稿，是自己心理素質要強化之後所要面對的事實，一投再投，甚至一稿投了四次才成功，當我面對刊登出來的單行本時，無歡無喜的心情，似乎一直是存在的事實，有什麼是可以歡可以喜呢？陷落的人生，只能在無盡的迴路中直行再直行，繞轉再繞轉，人生，似乎也只能如此了。

學術，就是一條無窮迴路。當別人在盡情的享樂與快樂時，我們卻必須活生生的面對書寫、投稿、改稿、修稿，再投再改再修的事實。淬礪的人生，就是讓人必須真真實實的面對。這一條無窮迴路，是我們心甘情願的抉取，也是我們此生此世不可逆回的人生事實。

二〇一八年七月二十日

一線之隔

半夜，未知因何右手肩臂痛到無法入睡，左翻右轉，正躺側臥，皆無法緩解疼痛的感覺。對於痛的感覺，自覺忍耐的程度很高，也以為很快就好，去年暑假也曾幾次如此，半夜劇痛到唉叫，一覺醒來就沒事了，以為是作夢，也以為是所謂的鬼壓床，醒來沒事就沒有理會了。想不到，這回居然徹夜未能緩解。劇痛的感覺未能稍減，一寸寸一分分的似在凌遲，直到天亮，還是無法消除。第一想到的是附近的涂富籌診所，二年前的腳傷也是他治好的。不確定是否可以電話掛號，先上網查電話號碼，以為是九點看診只能九點打電話，後來看到八點即有復健科開診，於是八點多先打電話掛號涂富籌，排序十一號，根據經驗法則，他看診的速度非常慢，預估可能到十點半之後了，因為他會幫病患進行針灸。再則，老哥會載老爸老媽到竹北一遊，有時八點多已抵達竹北家中了，不確定是否已出發，打電話確定，幸好老媽接電話了，我告訴她，手痛要去看醫生，叫他們不必到竹北來了。

二件事完結之後，手痛到無法自理些簡單的事情，平常一大早起來，一定就著書桌閱讀寫作，今天什麼事也不能做，才知道平安健康真的是福氣。打電話給小芹，告訴她狀況，她說十點多再開車過來載我去看診。

像是過動兒的我，一刻也停不下來，手痛無法緩解，再加上無法忍受待在家中無可事事，總是要找一件事讓自己分散痛的注意力，於是散步到小公園去，就著陽光繞過一遍遍。看到一位女人在樹下唱歌，似乎就著手機在高歌，很面熟的人，有臉盲的我向她點頭示意，繼續散步繞行。她停止唱歌後，我們二人也一起繞行公園並且對話，她五十歲，乳癌，八次化療，感謝主給恩寵，也希望我去參加教會，我說我信佛教。她說，沒有關係，有空可以到教會去，一定有收穫的。其實，我沒有告訴她我手痛的情形，只是一圈圈的隨著公園繞行。後來，我想起來，她就是五金行的老闆娘，小芹曾告訴我，她罹乳癌，我認出她來，她也說是呀。後來，她要去開店了，先離開，我繼續一圈圈的繞行公園。

人在平安、健康時，完全不懂得珍惜，直到身體出現警訊時才知道健康真的很可貴。平時，做事像急驚風事的我，什麼事情皆必須快速處理，買菜半小時，將所要買的食物張羅妥善，小芹陪了一次，說像在打仗一樣，很累。但是我習慣了，因為我的時間有限，事情很多，要創造更多的時間效益必須事事精省時間。期末也是如此，留校三天兩夜，我要處理考卷，閱卷，計算期末成績，準備下學期的進度表，講義，時間真的要精算要善用，還要上課，還要和學生餐敘，……時間的流度不斷下流，而我要處理的事情也必須一件件處理，習慣了自己快節奏了。

細細回想，何以這次手痛到不能緩減。是過度運動傷害嗎？睡前簡單的拉筋，是我平常會做的小動作，不致於會引發運動傷害呀！那麼，是怎麼引起的？

醫生問我，最近有無感冒？有無過度忙碌勞累？排便正常嗎？他在抓原因，我皆說沒有。也照超音波，看到肌腱有小白點，是屬於鈣化嚴重，有裂傷、積水，然後幫我針炙減緩手痛的感覺，扎了十五針，似乎有緩減，再加上止痛葯的效力，手可以動，可以舉，但還回不到平常的樣子。還有痛覺，穿衣尚不方便，生活自理還有點小困難，但是，還是得自理。

右手不能用，再加上痛感，無法靜心閱讀寫作，週四做了閒人一天，無所事事，才知道無事可做，不能做的可憐，平常急驚風的我，趁著手痛，感受平安健康的重要。

在復健診所裡，看到老少男女，或腰，或腳，或肩，或背，皆有自己累積的傷痛，大家默默的進行各種復健流程，電療，脖子牽引，雷射冰敷，熱敷……看到這一大群潮來潮往的傷患者，似乎在告訴我，珍惜健康真的非常重要。

因為一場急性肌腱疼痛，頓時有從天堂到地獄的感覺，什麼都不能做，什麼都不可以做，人生，似乎被判了死刑般，百無聊賴，不能做，不可做，真的，人生就沒有生氣了。從天堂到地獄，真的，只是一線之隔，要懂得珍惜，好好的過日子。

二〇一九年一月二十六日

有一種無感叫做老

曾經是動物，凡事熱心熱絡，充滿了活力，無窮的力量與想法充斥在日常生活之中。就是早晨，可以因為想吃意想中的早餐就立即跳下床料理；也可以因為想到一本書，一句文獻資料，立即從溫暖的被窩中衝進書房翻檢文句。也可以因為想要到市場買好吃硬脆的芭樂，立即驅車到傳統市場。生命充滿了動能，一切，一切，快速，積極。

曾經是植物，凡事不經心，想到一首好歌，卻懶得翻檢播映；想到好玩的地方，偏偏提不起勁來；想要去逛街，也沒有能量；甚至最愛的就是看時新的衣物，挑選衣物的樂趣不再揚波了。喜歡穿搭好看的衣物，讓自己站在講台上看起來比較亮麗，比較有型。但是，沒有動力的生活，只能想，而不想做，也只能想想而已。想到，想到，真的沒有年輕人的動力了。

而今，似乎進入了礦物期了，最早的感覺就是蘭州的詩經會議，不再吸引我前進了。喜好旅遊的我，往往以參加學術會議來旅遊，可是偏偏今年的蘭州吸引不了我，沒有動力前往了，只走了上海及日本北海道。這是什麼原因呢？原來心態老化到凡事只能做自己眼前的，被動式的被邀約，不再主動規劃生活及行程，一切一切就是被動的，似乎老氣沈沈，再也提不了波瀾了，這就是老化了嗎？

不希望自己這麼早心態就老化了，看到青年學子的朝氣，難道激不起我的動力嗎？難道沒有力量讓我反轉這種無可奈何的人世老化嗎？

這種無感，這種無所謂，不是我喜歡的我，我仍然希望快樂，希望有能量做很多事，但是，老化的心態，已經凡事無所謂了，凡事皆可有可無了，人生至此，還能有什麼變化呢？
到彰師兼課，改變了一成不變的生活模式，但是，一旦進入生命的軌道之後，仍然是平凡無奇，仍然是老化的我，真真不想讓自己如此無感、無所謂。生命走到這種地步還能有什麼期待呢？只能大聲呼喚青春，呼喚活力。

二〇一八年十月十三日

不可逆迴的，老

不可逆迴的，讓人感傷的是：老。
老，凡事沒有興味；凡事沒有意緒；凡事苟且敷衍。生活中沒有激情，遂揚不起波瀾。連授課也覺得了無興味，如此這般，如何激發學生的學習動機呢？如何搶救這種老化的心態呢？如何恢復意氣遄飛呢？如何讓無悲、無歡、無喜、無樂的心情翻轉呢？如何讓這種灰頹的心緒遠揚呢？
因為無意緒，凡事可有可無。因為無心緒，凡事得過且過。如何還我青春般的熱情，如何還我意氣昂揚？如何？如何呢？悲歡人生，只有承受，還是承受。面對不可逆回的老化心態，真的無力可回天啊！
老，伴隨著眼力不佳，視茫茫，凡事皆不能積極作為；有時工作半小時要休息一整天才能讓眼力恢復。真的，要省儉著用度，讓眼力不再惡化。
因為眼力不佳，倍加讓人感受心態老化，因為不再眼明手快。寫，閱，皆越來越緩，越做事情越多，因為前浪未消，後浪再堆疊起來了。

人生，不能僅僅如此負面承受這種不可逆回的老，而應該積極的搶救逝去的歡樂。如何可能？念茲在茲的，是無法逆迴的人生單向道，只能勇敢前進，不能後退，亦無後退之路了。

面對不可逆回的老化，真的，也就只能承受。尤其是眼力日衰，做事越來越慢，為了讓眼睛不再弱化、惡化，只能緩慢行事，對急性的我真是凌遲，人生至此，真是無言可對。

感傷，亦復何用。真真只能真實迎向前進，好好的與老作一對治與對峙。

二〇一九年三月二十六日

當我老去

在健身俱樂部常常會看到一位老先生，年紀大約七十餘歲，瘦小清癯且佝僂著背，步伐緩慢地在有氧課程裡，張羅著手腳、隨著韻律揮動。他的動作不能像年輕人一樣的準確俐落，舞步也是有一搭沒一搭的進行著。臉部無表情，似乎是在消磨時間。也常在槓鈴有氧的課程中遇到他，他常在我的前面，由於體力有限，不能提拿重物，於是，大夥會幫他拿器具、槓鈴、踏台、槓片等，幫他張羅好所有要用的物品及安置妥貼。

由於我要上班，與一群已退休的團友不同。可上的課程有限，且喜歡早上的課程，這時，就會看到他參與一些團體課程，和我一起上課。

昨天看到他上有氧課，上週看他上槓鈴課，他的動作不像一些年紀大的老先生、老婆婆一樣，可以很俐落的舞動。在俱樂部裏有七八十歲音樂退休的陳老師，做起瑜伽來，不輸年輕人，跳起有氣也非常有勁，背影看過去，猶似小女孩的身材，很令人羨慕呢！還有一些六七十歲的婦女們，曼妙的舞動身姿，也令人咋舌。

就是這位老先生，動作不俐落，不是很帶勁，也沒有歡喜心的參與活動。我在想，當我老了的時侯，是不是也會這樣呢？

老年人的時間太多了，需要消磨，當所有的家人要上班上課時，如何消遣這種無聊的時光呢？只好到人多的健身俱樂部運動，上團課可以增加一些人氣，避免孤獨。這種心境是我很能體會的，似乎我也在過著老人的幽寂生活。整天若不外出，一個人只能在家中書寫與閱讀，或者也只能對著喧囂的電視轟炸自己。

當我老了，要過什麼樣的生活呢？出去運動？作志工？還是頹廢在電視沙發前窩著過日子？天生好動的我，不能如此，絕不要不與世界接軌。走出去，參加社團活動；走出去，旅遊，看好山好水，玩遍所有可以玩的地方，吃遍各地美食。人生，也不過如此而已，尚能若何？

當我老了，是不是有足夠的錢財打理生計，不必再為三餐生活疲於奔命？年輕的努力是為了老來有了倚靠。當我老了，我還能運動？還能到處旅遊？還能遍嚐美食嗎？

趁著自己未老，做可做，享可享，行可行，為可為之事，不要到老了，臨回首，才發現手中一無所有，那種悵恨真是會令人糾心喔！如果，還可以，快樂逍遙，走出人生的困境，讓自己活在翻轉的人生之中，不必悵惘，好好亮麗的活著吧！

二〇一八年十二月二十五日

七十歲的我

夜晚，搭乘高鐵回竹北的路上，遠處燈火明滅，山形水影皆化成幽邃的暗黑倒退成形，望著玻璃隔水隔山隔著莫名的黑，駛向熟悉的回程路。想著，今天的活動，不禁也思考起七十歲的我，將是什麼樣的人呢？

中午和王師母、顧媽媽在大安站的榮榮園聚餐，董智森請客，我和秀美、麗卿、賢賢及王祈夫妻作陪。

王師母、顧媽媽皆已是八十多歲的人了，還能和我們出來吃飯，談笑生風，只是牙口弱了一點，硬的食物不能吃，還好，這回上海菜有點了軟食，很可口，包括蔥燒鯽魚、腌篤鮮、蝦仁、熟煮豆仁、臭豆腐等，感覺，我喜歡榮榮園的菜色勝於彭家園。

下午茶，大家聚在一起，喝了咖啡閒聊，我又在三點多又趕到台師大找資料。六點又和甫從美國歸來的駱珞、張珏約在景美站的八五度C見面。

看到神清氣爽的駱珞，真不像她形容的，被女兒限制行動，不能出去，也曾被關進精神療養院二十八天。

她快樂的分享著她帶回國的書籍，認識一堆文化人的名片，以及南美日報的CEO等，一個小時真不夠她說，我和張珏靜靜地聽，她還是很想繼續作文化事業，印刷唐詩唐韻等書，可惜沒有資金，但是她還是信心滿滿的。

七點多了，她們另有約會，必須散會了，和她一同搭乘捷運，車上她繼續講述魏徹德的事情，一九七五年進台灣，二〇一四年往生，四十年整整在台灣生活，教學也讀書。八月二十四日往生，八月二十六日他的父母九十大壽，真是奇怪的數字。也是巧合的數字。

望著倒退的夜景，想著魏徹德和她的故事，零零散散不成片段，要我鉤勒也難。七十歲的駱珞，精神十足，很有活力，也很有想法，還想再拚一次文化事業，出版唐韻詩集。我呢？不能置可否，因為主權不在我身上，資金缺口是最大的問題。

想著，想著，七十歲的我，還能有這些活力嗎？還能到處飛來飛去嗎？駱珞十四日到香港找同學，預計留二週再返台，後再返美。因為美金七百多元的長榮機票就是美台港三地，返程也是從台灣回美國，這樣，她就可以多去幾個地方透透氣了。

如果英文不好，如何到美國？如何到處旅遊？她將英文小說當成隨意可讀的書，而我呢？似乎要突破這個障礙有點難呢！

今天終於知道她是一九四九年生，剛好七十歲，這次回台、到香港，就是給自己最好的七十歲生日禮物。而張珏也是和她一樣十一月十一日生。叫做隔年雙胞胎。

七十歲的人，還可以到處飛，到處走，體力、精神皆良好。我想到七十歲的我，還能如此飛來飛去嗎？八十歲還能像王師母、顧媽媽一樣出來吃飯嗎？

真不知道以後的我是個什麼樣的人，但是，現在最想做的事情是將生平的遭遇交接往來的人物事件一一記錄下來，一來怕自己失智，二來縱使不失智，也可以存錄生命的點點滴滴，人生如此無常，無奈，只能記錄，只能書寫，才能存記一些風花過眼的人事物。也許時移歲往之後，人老朽了，人失智了，還有書籍可以存留曾經走過的痕跡，這也是目前努力書寫日常生活的心情。

七十歲，繁華落盡，褪盡光環，體力日衰之後，還能剩下什麼？是不是更能瀟灑的看待世塵，或是什麼事情皆無所謂了？走過風雨，看過大風大浪，還有什麼放在心上呢？還有什麼可以追求的呢？當我看到顧媽媽，曾經是革命黨員，曾是女俠，餘今，步履蹣跚，拄杖而行；看到王師母，曾是風光的教師，教過許多的學生子弟，現在已是白髮皤皤了；看到張珏，雖然不清楚她曾有過什麼樣的人生閱歷，但是聽聞曾經帶隊到美國參加國際研討會，便知道非等閒之輩。駱路，政大新聞系畢業，嫁給美國人，執著唐詩古韻，出版過幾本書籍，也曾有過輝煌的舞台現身。以後的我，將如何看待過去的我？人生已行過半百有餘了，還有什麼放不下？還有什麼執著的呢？七十歲的我，又當如何觀望過去的我？此時又如何想望未來的我呢？當人生華麗舞台不再青春華麗時，我們又當如何面對年老力衰的未來呢？

但願七十歲的我，可以更健康的，更亮麗的活出一片天地。不要用年齡限制自己的行動，只要我願意，做自己想做可做之事，有何不可呢！

二〇一九年八月十日

新蝜蝂傳

柳宗元寫了一個很有趣的寓言，叫做〈蝜蝂傳〉。內容敘寫名為蝜蝂的小蟲，遇物則持取，不論是否能負荷，取物積高，仆顛而行，人們看到牠可憐，為去負物，結果，遇物仍然持取，而且好登高，終致跌墜身亡。

我是不是也像蝜蝂一樣呢？喜歡攬事？

十二年國教國語文課綱尚未結束，公部門找我擔任國中小教科書審查委員，又一口答應承接下來。擔任課綱研修過程的艱辛，不足為人道，分組會議，統合大會，一項項研寫、討論；一層層遞進演繹，期能將小、中、高五個階段銜接無縫。而審查教科書的過程，也是往返台北新竹之間，幸好審查的次數沒有課綱多次，年限也不用跨到三四年之久。

難忘在一〇六年八九月之間，剛從歐洲及內蒙古發表論文歸來，即立馬進行修繕二本散文集的整編，調整輯次內容及編序，閱讀，修改，刪寫，終於交出版社出版，然而伴隨著出版行銷考量，刪削許多內容及文字，從一校到四校，電子、紙本校稿同時進行，一本書各進行四次審校，共有八次之多，課餘、研究、公務之餘，包括課審大會、教科書審查及系院校教評會等忙碌之餘，再配合行銷策略，集錦文字先作電子廣告，終於預告在一月初可以出版了。

然而，十二月校畢稿件之前，其實，從九月開始，我已經著手在處理亞傑的遺稿。因為請託朋友在大陸出版，一過數年，仍無訊息，心裡覺得不是滋味，遂思自費出版，先將舊稿編敕，分類排序，也請教學界朋友、學弟及師長，終於敲定書名及排序方式。其實，別人給我的意見，僅供參考，只有我最懂亞傑書寫的理序，所以，到最後，還是用我的編序方式。

寫信洽詢二家出版社出版意願及費用，某家出版費六萬多元，太高了，再問另一家，合理，且早年亞傑一書曾由他們出版，版式非常好看，於是我屬意由第二家出版社。結果，有位朋友因接一個大陸經學的計畫案，可在台灣進行出版、研究、訪學等內容，於是問我是否願意接受這個出版計畫？不用付費而能出版，何樂不為，遂商請萬卷樓執行編務。我立馬將稿件整理寄過去，事先也請學生先將PDF檔轉成一般WORD的檔案，以利編排。也有一些稿件，僅有書影掃描，也一併請學生幫用辨識軟體修改成WORD檔。這些繁瑣過程，必須自己耐著性子做。尤其，事隔多年，舊檔散佚，花了很久時間，整天盯著螢幕尋找檔案確認，才完成輯佚工作。

從十月份交出初稿之後，事情還是一件一件在做，早在七八月份同時進行的是自己的學術書籍：《圖像敘事與多元文本》也在輯稿，修改，打字，一稿稿修改，一篇篇審閱修訂，並且整理內容排序，輯次門類，最後敲定成四輯，以類相從，再來就是修改內容及參考書、圖表的整理排序、定名等項，有時一忙，就是盯著螢幕到午夜十二點，才驚覺該入睡了。終於，在期末考前一週終於底定稿子了。

雖然四本書籍在張羅著，但是，學術界的往來仍然未斷，參加並發表多篇研討會論文。緊接著，更忙碌的書寫才開始。

林慶彰老師七十大壽的論文集，答應寫一篇，預計三月一日交稿。研討會預計五月有三場，七月一場，八月二場。共有六場。

中國唐代學會，我曾是理事長，現為常務理事，五月舉辦國際研討會，已答應寫一篇文章，預計一月底交稿。

彰師為李威熊老師舉辦的八十大壽的詩學研討會，也應允寫朱子詩學。三月交稿。

大陸復旦大學舉辦的唐代文學會議，我也答應赴會發表論文，預計三四月交稿。

東亞漢學七月在北海道舉行國際會議，也要參加。

詞學會議，因為今年授課二科與詞學攸關之科目，很想參加大陸的國際會議，遂主動向朋友表示要參會。

記得一〇六年，我除了九月及十二月未發表論文之外，全年共參加了十一場研討會，發表了十篇論文。

一月是顏崑陽的榮退在淡江，二月是藝術學會在台北，三月《詩經》禮學在上海，四月東亞漢學在亞洲大學，五月胡金銓在上海，六月漢文化在靜宜，七月在德國特里爾，八月在蒙古參加《文心雕龍》會議，十月在東華大學的人文化成，另有一場講評是參加台灣中文學會的研討會，十一月在中興大學參加通俗雅正。一年忙下來，也還好，事情總是人在做的。

反思自己，是否真的太喜歡做事或寫文章呢？一刻也閒不下來？

覺得自己有點像蝜蝂，一事未完，又攬一事。

二〇一八年一月十四日

輯二：寂：沈淪耽溺

長流

生命是一道河渠，生活是一道長流。流過日夕月露，流過春花秋月，流過生老病老，流過愛恨情仇，每一滴匯流的水滴，皆是不可回溯的因子，皆是生命的過程，終將彙整成完完實實不可迴避的生命。

坐在生命的某一個時空之中，定靜的心情，是看覽歲月風沙之後的定靜；波濤洶湧的心潮，是歷閱衝擊之後的濤湧；沒有任何的風雨可以躲過，沒有任何的閱歷可以抹去，尺尺寸寸之間，迴轉在你的眉目之間，是喜則喜，是悲則悲，是哀則哀，是歡則歡，沒有迴轉的餘地，就是要你紮紮實實的面對。

輝映在生命河渠水面的波光，是天光雲影的倒影，是如風過眼，如水無痕，而你的喜怒哀樂是否也是一塵不染的著痕在水面波影之中呢？悄悄地流逝，悄悄地被抹去？

像是被一條長繩綑住，跑也跑不開，走也走不遠，什麼海闊天空，什麼天地寬廣，皆收攝眼中目底，卻不能了卻因緣而高飛。

綑住的心情，是一條長繩，永遠無法解鎖。

漫長的歲月長流裡，靜靜地流淌著每一寸每一分的光陰。研究，像是一個黑洞，一旦陷落其中，再也爬不出來了，永墮深淵的恐怖感一直讓生命呈現膠著的狀態。如何翻身，如何還我一個跑跳自由之軀？如何讓我還能有生命的喜悅，可以迎接每一道光輝璀璨的陽光？

陷落，就是一條長長的沙發，無窮盡的陷落在電視的黑洞之中，轉過一台又一台，無盡流轉的電視節目，就是一個世界的窗口，吸引你掉入其中，讓無邊的歲月流成一條條不見血的流痕。

陷落，就是一座深深的椅子，端坐在上面，敲打手中的文字，努力整理成一篇巧思的文章，時光的流淌漫衍成無力感，著實教人感傷。如何可以翻天覆地？如何可以重新走出歡快的人生呢？

陷落，就是一個亮閃的螢幕，閃亮著每則吸引你的標題，點進去，讀進去，才知道又是一篇廢文，在閱過無盡的廢文之後，仍然有更多的廢文等著無知的人們點進去閱讀，歲月的流逝就在這樣的流脈裡消逝無蹤。

陷落，就是一通電話，帶著言語之舟，進入對話的模式，別人用真心與你對話，你也陪以一段真實的心情和她對話，在言語啟動的模式之中，你似乎是隻困獸，不能有更多的表述，而僅能有一段接一段的音聲回應著長長的對話。不能見面，只能以音聲通響來回應疫情嚴峻的時代。通宅，就是一座會通的森林，也是一座隱居的樂土，讓你暫時忘記外面世界的感染與災情嚴重。通電話，成為你和世界溝通的模式之一，而看新聞，成就了你未能外出的遺憾，尚能有一絲絲可以人聲對響的音聲，讓你的孤寂不會因為無人聲而枯萎，而不枯的電視，終是黑洞，在每一個孤獨幽寂的歲月長流裡，陪著你度過每一個花朝月夕，每一個歡悲歲月。

生活的河道裡流逝的歲月，是無法挽回的寸陰，而流逝的青春，無路可迴，僅能從記憶的光影中尋找可能的光華。

人的記憶也終將陷入生命的長流裡，永逝不歸，我的青春，我的美好歲月，也將流逝在無窮無盡的浪潮之中。

二〇二〇年四月九日

一杯咖啡的溫度

幽寂地坐在書房打字，透過指尖傳遞的意念，無遠弗屆，然而費解的心靈卻似要逃遁於天地之間。

藉由一杯濃郁的咖啡，消解生命的重量與負荷。在黑金溫純的香味中，體察生活的力度，是往而不返的華年流逝，是無以回尋的朝氣蓬勃奔逝。當生命如一灘死水時，還能有什麼可以喚醒曾經有過的凌雲壯志？

隨著年歲漸長，賴以望見的眼力日衰之餘，諸事不宜，諸事且行且走的蹣跚踱步；賴以聆聽的耳力日衰之餘，只能以餘音繞樑的方式存著舊時的曲調迴旋在天曠地荒之中；衰老，竟無以復加的，一日日增益，讓眼不明、耳不聰形成日常的聞見，形成日常的無感與無可奈何。

如何打開心靈之窗，再見清明之天，澄澈之地？悠繆無端的人生，只能划著死水，向前一步步走向擱淺的海岸。人生，竟催陷到這樣的境域，僅能靠藉一杯淺淺的溫熱咖啡重燃生命之火花，而煙花消散之後，還能餘何？灰燼燃後，尚能有餘溫可以取暖？一杯冷後的咖啡，還能喚醒生命的熱度？

且行且走，在趑趄的人生步履中，探望無以回復的青春難以回挽，探望著活力難以鮮活再存！人生啊！這就是人生，向死而生之餘，還能存念什麼？讓自己在擱淺的人生涯岸中，望向無盡的海涘，企圖回尋什麼？企圖追求什麼？只覺餘生疲憊無力，未能展翅高飛，縱使再奮力作為之後，也是乏力欲振，能有止息的一灣淺岸留住飄泊的心？留住無以縱飛的心思？

寂寂的咖啡，終是要到涼到冷，才能品味深苦濃郁的餘香。猶如人生，終是要步步行走，才能將苦深的濃郁化作生命的養份；讓這份猶如大禹手中的息壤，滋養著寂寂如滔滔洪水滿天襲捲而來的孤獨坌土，讓品味咖啡的心情，浸潤在寂寂的人生黑夜之中，才能有通透徹悟的警醒。

一杯溫熱的咖啡，能有幾寸幾尺的餘香？能有幾回幾人共同品賞？永逝不歸的青春，在人生的此岸等候誰共同品味？等誰？誰等？在此時此刻以一杯溫熱餵養孤寂。

以咖啡之名，餵養。

二〇二〇年四月八日

酬報

生命中有一種不得不面對的悲傷，這種悲傷是無人可以與共的，也只有幽獨的心靈可以獨自領受的。面對這種悲傷時，可以如何排遣、如何面對呢？

面對日益老朽的目力，心中有一種不得不然而必須應然接受的勇氣，說是勇氣，其實是無可奈何的照應面向它。目力日損，事情越做越慢，雄心壯志似乎被磨損在其中。多少的豪情，多少的志氣，皆在歲月的銷蝕中，成為不可挽回的過往雲煙。無力回挽的目力，只能珍惜的使用。以前在火車上，在高鐵上可以修改論文，閱讀書籍，準備課程。現在，除了閉目養神之外，還是閉目養眼力，不過度支使目力，是當下必須迎戰的課題。這樣的人生，似乎缺乏戰鬥力，缺乏青春的動力，凡事以不過度使用眼力為前提，很多事情，就只能過目，只能如雲煙過目，不能留駐在心裡，眼底，如匆匆過眼的風花，轉瞬成空。看到與目遇，只能惘然成灰成塵成嘆，沒有可以讓目力回復到明眸流轉的靈動，只能哀嘆與感傷。

面對日益消失的青春年華，步履日益蹣跚的當下，哀嘆歲華難駐已是一種不得不然的事實，想挽住曾經有過的花樣年華，也無法改變日益流逝的歲華如水浩浩東逝。看見照相時投影出來的容顏，看到鏡中的斑點與皺紋難以撫平時，真真與青春女子的吹彈可破的肌膚不可對照。在同樣的季節裡，看見青春與老朽的對照，哀嘆流逝的青春也不可讓歲月流光倒回，只能悲情的面對。

面對孤獨的自我時，常常、必須、一再地展演自己和自己的對話。這是最難面對的事實。當繁盛喧嘩已成往事雲煙，而眼下流光不斷地流逝時，孤獨的野獸不斷地啃嚙心靈時，一寸寸成灰，一寸寸成燼時，才知道生命中很多事情不是自己想要留駐就可以留駐的。也才知道，人生有很多無可奈何的事情是必須直面它，縱使千般無奈，萬般不願意，但是，事實就是事實，是不可以迴避的。不斷地自我週旋，我常與我週旋，是一種孤獨的自傲嗎？抑是一種不得不然的勇氣？這種悲傷是無人可語的，而當它啃蝕心靈時，尺尺寸寸皆是千瘡百孔的傷痕，卻是不得語人，不得撫平，不得不面對的真實心境的演繹。

面對日益損朽的目力，面對日益消蝕的青春，面對不可言語的孤獨時，如何酬報此生此世？如何回報人身難得？如何回饋曾經經歷的人生？

如何酬報此生此世，不再悲情感傷，不再自我頹廢，不再哀感莫名，不再掩面成嘆，不再不再，讓自己可以更悠然自適，讓自己可以好好享用人身難得。

走在市街上，是個一介婦孺，一個無人關注的路人甲，或是路人乙。在市場裡挑揀食材水果，無人知道你是何許人也，也無須別人知道你是何許人。在健身房是一個無人聞問的律動者，或許動作合拍，或許不合拍，皆不妨礙運動健身的動機，這些皆構成日常圖景，平凡平易，也是最自然的存在。

也許也會記得，曾經努力過的痕跡，每一寸足跡皆是不悔的往前跨進，或許有別人羨慕風光的學歷或是經歷。此時此刻，皆回歸到最平實的日常生活，一個必須吃飯，必須工作，必須好好的生活的常人，這些皆是日常生活。如何酬報人身難得？華麗轉身之後，會是什麼樣的舞台等待我們去羅織？等待我們去完成？總想，好好的完成此身此生此世最美的存在，最好的生命亮點，不再陷入悲慼之中。如何酬報此生世此生，就是生命中最深沈最重要的課題。

二〇一九年七月二十一日

歷劫與應劫

神話或是章回小說，總愛用一段神仙因為犯了小錯而被打下凡間來歷劫與應劫，俟劫數期滿才能回歸天庭。

這樣的神話故事開啟了往後要續寫的篇章，無論多少的磨難皆要挺過去，皆能挺過。《七世夫妻》如此，《說岳全傳》如此，《鏡花緣》如此，《封神榜》如此，《紅樓夢》如此，還有什麼故事不是如此張羅呢？

似乎，我們也習慣了這樣的演繹，讓自己更能夠承受人世間所有的磨難，因為這些苦、這些難皆是考驗的過程，皆是過去小錯小誤必須回報承擔的。

但是，人生果真如此嗎？果真是下凡歷劫來救贖嗎？如果是，那麼心甘情願承受一切。如果不是，何以回報曾經受過的苦難呢？人的心靈心智果真可以如此的承受人間的苦難而不求回報？

冥冥漠漠之中，我們真真無法知道是否是應劫而生？歷劫下凡？但是，此世此生的苦難是真實的存有，椎在心靈，刻在骸骨，刺在脊梁，教你片刻也不得安寧。如此，我們如何去承接這一切的安排？如何去面對這一切呢？

神話故事給我們一個安慰的窗口，讓我們好像活在夢中一樣，一切皆是如夢幻泡影，如露亦如電。可以不是真實的感受，可以不是苦難的感受，因為這些苦難皆是虛幻的，皆是無影無形的，不必在意，不必糾結，亦不可縈心。這樣的應劫故事說得我們心甘情願的去承受當下所受的苦難。

而佛教卻用另外一套來教我們，說這是果報，今日承受之果乃是前日或是前世因所造，所以要我們起心動念之際好好的存善心存善念，結善緣才能結善果。

這一套說詞，讓我們又跌入另外一場無法驗證的虛幻之中，於是，我們真真願意相信果報，相信因緣，所以努力結善、結福、結善因，期能有善果。

但是，在承受這些苦果時，果真能夠了悟前世因緣所造成的是非？縱是承受，亦無以改易前世所造之愆念愆行，當下想悔改亦無能為力，因為無法逆迴到種因的前世去修正所有的愆誤。

活在當下，承受一切磨難時，該相信是歷劫應劫而生？還是相信因果循環報應不爽？

既然不可驗證，無可驗證，我們只能活在當下，真真實實的去承受所交付的磨難與挫折，以及一切人事物交接往來的齟齬與困挫。

二〇一九年七月五日

如煙殘夢

總有一種很深的傷逝心情流蕩在心底。

分明知道繁華事散之後只能逐香塵；分明知道雪泥鴻爪之後，鴻飛不復計東西了，但是，眷戀之情，依戀不捨之情仍然存留在心底眼下，傷逝的感傷便似鐘擺一樣不斷地流轉在心版上反覆搖蕩。

曾經，流轉在各地的講台上，演講，發表論文，或是特約討論，或是主持會議，每一事，皆認真過；每一事，皆經心寓目。還記得在四川的西南大學對著本科生演講，青春的容顏堆在歲月的記憶裡閃爍著華美的笑顏，也和朋友同遊樂山古佛，這些飛閃的片刻若非藉由影像，似乎也難以記得曾經如此歡樂，如此愜意自在過。

曾經，站在講台上風華地演繹生命的價值、笑話的寓意、王維的圖像詩歌、親近經典等內容，那些像光影流逝的片段，似乎是一片片美麗的花瓣隨風飄逝。

曾經出遊紐西蘭、義大利、澳洲、美西，西安、西湖、烏鎮、蘇州等地，此時，似乎也徒留影像的回憶了。

捨不得的，終究要像雲煙一樣轉瞬成空；依戀難捨的，也終將成鏡花水月；一朝春盡紅顏老，花落人亡兩不知。林黛玉早已預示了生命的本質了，我們何能不直視它的存在呢？無論是否能直視這些過眼雲煙，過眼繁華，歲月還是不斷地游移流轉，將青春流轉成老朽，將燦笑流轉成頹圮，人生，也就是在真真實實的面對這種不斷飛捲消逝的過程中珍藏、體會。留不住的終究是生命的本質，而嵌印在腦海中的卻是永遠無法抹去的記憶，也會日益消蝕在記憶的邊境之中了。

在往事如煙之前，且讓我們盡情的享受人生的美好，不要再去捕捉不可留住的影像，就讓它如煙消散，如雲流散，如水流蕩，如歲時消蝕吧。往事如煙，不散的是什麼呢？他年他月他日誰能記得誰？誰是誰？誰還能在輪轉台之後記得所有的前世今生的事情嗎？忘記，是良葯？抑或記憶是良葯？

往事如煙，每個人皆在面對生命中殘逝的記憶與美好的印記做交錯比對，做最後的留影與噓嘆。

二〇一九年七月二十一日

這，就是人生

午夜聽到手機發出叮噹的聲響，寂靜的夜裡，這樣的音聲，分外響亮。似是嘆息聲，似是呼喚聲。在寂靜的夜裡，領受這樣的孤獨。

出遊歐洲十三日，歸來，似覺一場夢境，紛擾繁華的紅塵，亮麗華美的服飾，清幽的市街，通達的水渠河道，皆如繁華過眼，只剩下手機裡的照片可以印證曾經一遊，其餘了無痕跡。在心底深處，宛如一場夢境似的晃過，夐寂的人生，無人可替，無人可言說，只能幽深的感受與領略，只能獨自勇敢跨越這樣的踽涼孤行。

這就是人生嗎？對，這就是人生，沒有人可以替任何人感受心中的感受；沒有人可以替任何人體會孤寂的心情，只能默默在心裡沈潛著那種啃囓心情的感受，一點一滴，一點一滴，流進心湖裡，慢慢地積存那沈重的份量，那種沈重的感受。人生啊，將如何行船，將如何使舵？將如何前航？真的，沒有人可以言說的寂寂與冷漠，只能幽寂地領略。呵！這，就是人生。

二〇一七年八月一日

寂寞，春天

春天，應是繁花麗景，但是，過完二二八連假之後，寒流來得濕冷，將春意乍然打散。人也蕭散的頹廢在書桌前，在床上，在沙發上。沒有什麼可以歡樂的事情。當我躺在床上，還在想，今天要忙什麼呢？

教科書南一、康軒、翰林國小第二冊的審查，翰林國中第一冊的複審，讓我流連周折在文章與圖像之中，想像著學童們如何閱讀，如何學習，也流向童年的自己，如何的度過這一冊冊艱難的課文，這一冊冊學習的關卡。因為時間的壓力，讓我不能再賴床了，急急快起，準備應戰，好好寫出審查意見。

科技部的審查也是在最後的期限了，申請者的努力，總是希望被審查者看見，但是，我卻心虛於自己七八年來醉生夢死於死生契闊的流轉之中，既無心，亦無力好好張羅書寫的名山事業，只能整理舊作，只能寫些生活札記，只能在生活的邊緣打轉，無法好好靜心書寫，一直沈淪在論文研討會中一個接一個的流轉之中，無力修改舊作，新作卻又不斷地張揚出旗幟必須揚帆。

似乎，不快樂，唯一可以有力氣有能量做的事，大約就是運動吧。總是讓我充滿了期待與動力，因為人生再無動力與能量時，真不知道自己這種無歡無悲的人生還能做什麼？只能運動，讓自己可以快樂在暫時躍動的舞姿之中，讓快節奏帶我舞動生命的風采，也是瑜伽或是拉筋，可以讓我從身體的感覺中，體會善待自我。

除此而外，如何讓自己可以在繁盛的人間留下歡樂呢？無歡無悲，無喜無樂，似乎註定是一場無可奈何的流轉。但是，卻不願如此過著這樣的人生，一定要翻轉人生的悲情，一定要將這種人生翻轉成亮麗的舞台，好好舞一場風花，好好跳一曲樂章，讓高底起伏的人生，有不一樣的亮點，不是為了有觀眾觀賞，不是為了聽眾聆聽，而是圓滿完足自我的成就與耽美。

此時，此刻，此生，此世，似乎，除了運動之外，再也無法讓我興發快樂了。所有的歡樂，似乎是一個寂寞的投影，是一個無可言語的人生了。

當春天離棄我而去時，我還是不願意離棄春天，還是希望自己可以舞出風花美姿，翻轉悲苦人生，讓深刻的感覺與感受回歸到心靈最深處去慢慢體會。才能知道人生，也有這樣的人生，一種無可歡，無可樂的人生，在漫長的前途中等著你的踏臨，等著你的流宕。縱使如此，還是願意蹁躚其間，無論有無共歡共舞者。這，就是濕冷春天，就是目前的前景，沒有繁麗盛景，只有灰濛濛的煙雨成劫的人生。

二〇一九年三月十日

冷宮

寂寂長日，一個人在家中工作，無人可語。

窗外的北風，呼呼作響，閉緊窗戶，像是獨居冷宮的嬪妃、像是囚犯被關，這種幽獨，無人可抒。

沒有來電，只有一長串的微信、LINE族群的往來。大家熱絡在討論某些事項，既不涉入，也不回應；既不回讀，也不作響，像是鴨子在水面下潛游一樣，默默無言無語。

偶爾驚起一陣的電話聲，急急衝前接聽，是銀行的借貸推銷，或是商家要推銷新商品，或是公務待處理。真像是一場達達馬蹄，美麗的錯誤。

放下電話，繼續回到書房工作。

所有的歡樂，所有的美好節慶似乎絕緣。像是被深鎖冷宮之中，只能幽寂渡過長日，度過漫漫悠長的歲月。

開車到俱樂部運動，接觸一點人氣，餘此之外，仍是一個人獨自在冷宮中。

偶爾到摩斯工作，因為家中太冷了，真的像是冷宮，溫暖的摩斯成為避寒勝地。帶著筆電，書籍，鎮日鎖在固定的座位中工作，書寫，閱讀，日子就在人聲喧囂中度過。隔鄰的交談人語、來來往往的人聲雜沓，視如不見。我仍然佇立在人海中的冷宮。

生命如此流淌，生命如此幽寂，生命如此無華，只能面對無言無語，向古人古書取暖，向詩詞、向散文、向小說、向寓言、向笑話取暖，向著不可能言語的書籍，遣度悠悠如囚的歲月。

以書寫之名，在冷宮蟄伏。

二〇一八年一月二日

有一種孤獨獸名叫寂寞

漂亮的同仁正妹問我，是不是很期待回台灣呢？

兩種不一樣的心情，看見不一樣的人生世界。

她期待回台，因為她是父母掌上明珠，父母來接機，讓她充滿快樂與動力。

我不希望回台，因為要面對的是一堆待處理的事情，以及等你餵養的孤獨之獸。住在萊比錫旅館裡，有人打掃，每日可以吃營養的食物，回到台灣必須處理被荒廢掉的事務，包括忙不完的教學、研究、服務的庶務。還有，似乎走也走不到盡頭的孤寂。

在萊比錫的時侯，雖然也常常是一個人孑然獨行，因為沒有人認識你，你也不認識任何人，可以很隨興的遊走在市街上，在商店裡，盡情的看，覽，走，行，沒有可不可以的事。可是回到台灣，回到日常的軌道裡，就有無盡要處理的庶務等待投入與開展，更有孤獨之獸與你同行。

孤獨成獸，寂寂在曠野中行走。

看見孤獨向我招手，但是，真真不願意迎向前去。我不是獅子，不是老虎，卻和牠同行。奇哉，怪哉，招手的孤獨獸，偏偏要讓我獨自領略那種深刻、深沈的寂寞，不知道如何擺脫這種感覺。形影相弔的歲月究竟要培養什麼樣的能力呢？偏偏，我們又各自生存在孤獨王國裡，餵養著孤獨之獸而寂寞的存活著。

二〇一九年七月二十一日

冷寂

喧囂過後就是冷寂。

經過二夜一天喧囂的斗星宮酬神廟會野台戲展演之後，清早起床，歸於冷寂。總是在繁華事散之後，感受特別的淒清，總是特別愛流連在紛繁的熱鬧場景之中。言談，對話，展演，人馬雜沓，紛紛起落的珠機咳唾，飄零四散的溫熱話語，在在積蘊於心中。

歌聲陪著的日子，似乎可以銷沈永晝，隨著旋律，讓自己沈淪在無可救奪的境域之中，迴旋著古人的愛恨情愁，歷史興亡，迴旋再迴旋，似乎，不辨是此生此世抑或是前世來生。浸潤在歌聲海域裡，婉轉輕顰的旋律就是難以排遣的心情。是楊妃的霓裳曲，是西施的浣沙曲，是昭君的出塞曲，每一首歌標幟著曾經如幻似夢的人生，浮現在歷史的表層，而今，也藉由歌戲演出，重新出現在眼前心上，特別能夠感受這種深沈的悲怨，彷彿是自己的前世今生，竟然在異時異地重新藉由歌聲展演如痴如醉的心情，不可逆迴。

父母南下新竹，賢和女朋在側，妞妞一家三口也到來，九個人的午餐，吃得非常的歡樂，事先到市場張羅素食，三百多元的素菜，將一桌打點得非常豐盛。下午茶，咖啡，甜食，蛋糕，水果，應有盡有，談笑，言語，對我是必要的流動，對我是必須的溝通，平時，少言少語，除了講課之外，再無可以對話的對象了，深懼自己得了失智症，週四跑去上了英語會話，週一有瑜伽，似乎，讓自己有言談對笑，是開展人生的「新紀言」吧，不讓自己消沈在永遠的孤寂之中，一定要努力讓自己有事做，不是只有靜態的研究書寫，而是可以和人對話，和人交流，這樣才能讓自己有更多的能量去面對長長漫漫的人生。

汀埔圳沿岸的繽紛富士櫻攫取賞花者的眼目，拍照，流連，閒步，蹀躞，花好人美的留住青春的姿彩，回眸一笑，粲開的花顏與人相照，幽徑步道一任天光照影。是的，轉瞬也成為一個回憶的鏡頭了，所有的華美，所有的繽紛，終也有曲闌人盡的時刻，終也有人散歌闌的時節。享受美好，對我是必要的，人生有何可說，可訴，盡情展顏歡笑，盡情歡樂，擺脫人生的不平，擺脫人世的糾葛，好好的活自己。邦有道則見，邦無道則隱。在無行政職的時候，努力的書寫與出版，過著沈寂與沈潛的日子即是了，用一本本書的厚度來張揚自己存在的價值，讓自己可以有更好的前途可以歡樂。可以行歡，不必在意能否改變環境。也不必在意曾經流逝的過去，追憶，只能讓人感傷，好好的經營此生此世，便是最好的生活了。尋找可以做的事，去做可以做的事，只要快樂，只願快樂，餘皆無所謂了。

享受青春，享受花顏綻開，享受著所有春天恩賜的美好，努力把握，似乎怕他流失，卻也挽不住流失的悲感。音聲沈寂之後的孤孑，就是永日長消，就是回歸到最稀鬆平常的日子了，沒有繁華過眼，怎能銷得青春一曲難忘？怎能放下口齒之間的歌吟冷寂呢？

回到最平實的日常，仍是獨食獨行獨舞獨歌的日子，一個人默默地前往俱樂部運動，前往頂好採買日常用品，回到家，就著午餐看著電視，一台轉過一台，漫無目的的一台轉過一台，一個接著一個的新聞就是沒有著眼點，將自己的百無聊賴原形畢露的展現。

繁華事散之後的冷寂，不僅僅是個人的感傷，也是歷史的傷逝。一個個朝代興亡，難道還勘不破嗎？人生，也僅能在此一駐，有何可訴？

二〇一八年三月十八日

詩歌的耽溺與消沈

早年曾經開過詩學研究與唐詩研究，有幾位指導的博生曾經上過這樣的課程。後來，再也沒開這二門課幾乎達六七年之久。有位指導的博生在學六七年，一直希望我能夠開這二門課程，因為這二門課與她的專長相符，可是我終究沒有開課，今年一月她博士畢業，仍然問我何以這些年都不開這二門課，我自己也說不上來，也不想多說什麼，只能含首微笑。二月時，她打電話告訴我，近日在寫詼諧文學的論文，近期之內不會再碰詩學的研究了，明代詩學一搞六七年，有點彈性疲乏了，必須換個領域了，準備撰寫曾經上過我課程的詼諧文學論文參加今年八月的唐代會議或日本北海道的東亞漢學會議了。這是什麼心理的轉變呢？她曾經對我說，不喜歡詼諧文學，但是，去年曾經以一篇詼諧文學的論文隨我赴蒙古的呼和浩特參加《文心雕龍》會議並臨會發表論文。現在，博班應屆畢業，炙手可熱，卻反而遠離詩學而想寫詼諧文學了。這種心情的轉變我深刻能體會。一直在進行詩學研究的我，總是想呼吸新鮮空氣，透過講授寓言、詼諧文學、繪本文學、影視文學，才能讓自己有機會看到不一樣的世界，否則坎陷在其中，似乎綿長無盡，令人不知有長夜何時將盡的感覺。

然而，學生也不斷地因為修課的需求或是專長的需求，開始希望我開授相關課程。從去年九月開始，有幾位博生私下問我，是否明年度會開詩學或唐詩的課程？我不作應答，只是微笑。三月，又一群碩生，陸續跑來想找我擔任指導教授，範圍皆是唐詩或詩學。我說，今年五個已額滿了，若真要指導就必須排下年度了。問她們願意否？她們也表示願意。如此一來，果真有三位碩生必須排在下年度了。

為何近年都不開唐詩與詩學的課程呢？自己真的說不上來。近日，助教在調查下學年度的課程，心想，不要再開寓言文學及諧詼文學了，換點口味吧，於是，立馬填寫了詩學研究的課程。也開始準備下年度的教材了。看到電腦裡的教材，整個心似乎清明起來了，是的，那股濡染詩學的深情立即被呼喚起來了，鮮明的、清明的、激悸的，喜悅的感覺一直迴旋在心底，何以如此呢？何以如此呢？

愛戀著詩歌，喜歡著詩歌，卻一直不敢正視它，這些年來，經過變故之後，整個心情索漠難以言喻，似乎也想藉由詼諧文學、寓言文學、繪本文學、影視文學讓自己跳開深沈詩歌的搖蕩與呼喚。六七年了，未曾再授過詩學或唐詩的課程，只是上著詞曲選、蘇辛詞，讓自己在外緣打滾，在韻文學中呼吸著不一樣的空氣，可是潛蟄在心底深處，仍然未能斷絕詩學的呼喚，一〇四年出版了一本唐詩，似乎，斬絕不斷的千絲萬縷，不斷地在召喚我靠近它，卻因為靠近而有一陣漣漪而激生反彈的心理，於是，欲迎還拒，欲近還離的保持著若即若離的距離，是最難遣的心緒在心海裡搖蕩。原來，詩歌的幽微心情會揭開早已結痂的傷口，會讓人不自覺地陷入感傷的世界裡，刻意遠離，仍然無法平復這種心境，經過了這些年的流蕩與放逐之後，是否心情會平和一點？是否可以再次勇敢的面對這種死生契闊的深度呼喚呢？不確定自己在講台上是否能夠用最平和的心情去面對，卻知道，結痂的傷口永遠不能平復成原來無傷的情狀了，但是，傷痕卻有助於面對新的無歡無喜的人生，縱使再被揭開撕裂了，也能夠用淡漠的心情冷然凝視了。

二〇一八年四月二日

寂寞如雪

寂寞如初雪，紛紛飄飛，在沒有由來的時節裡，在沒有準備的大地上，紛紛飄落一點點，一絲絲，一團團，抓不住留不下痕跡的雪影。

寂寞如冷風，沒有意識的流蕩在你的周邊，無所遁形，無能揮去，想伸手撣去，卻無從撣去；想躲藏，卻無從躲藏，讓你不得不浸潤在不得不接受的情境下，周衍流轉在身上，初寒的冷意就這麼輕意流遍你的肌膚。

寂寞如流水，一點點一滴滴的流淌著，不想它，它卻無所遁形的流進心底，掀起風波海潮，沒有止盡的流著，無論是洶濤骸浪，抑是平鏡如湖的流水，總是教您不得不斂眉收眼端視它的存在。那種啃囓心骨的痛，是無以言說的傷。

某天，在地下停車場裡，迎面而來的某位女鄰居，帶著一位男士要出去，向我介紹A先生給我認識。昨夜，又在電梯遇到她帶著A先生進大樓。

深刻能夠體會她的心情，多年前，向我訴說他的丈夫出差大陸，背叛她，養了小三，無法挽回的情感，只好以離婚收場。

男人和女人真的有很大不一樣，男人很容易再找到年輕貌美的女子，而女人則不容易再尋覓第二春。這麼多年來，看著她下班後，很無聊的遛狗，在大廳看報，和管理員對話，生命的寂寞是無以言說的，女兒在台北上班，兒子在中壢就學，只有她孤寂一人住在大樓裡，那種百無聊賴的生活與生命，就這樣流淌著歲月的節拍。因為職業是站在講台上，所以行為行逕也不能太草草，不能隨便找個人聊聊或苟且生活，畢竟，品味是重於一切的。

這一陣子，看到她的身旁有了男人的陪伴，真替她高興，然而，那位男人，其實看起來非常不適配，畢竟，一位是教師，一位形貌猥瑣，但是，我不能說什麼？不管如何，能夠陪她一段也不枉費這份情意了。

早上，在郵局旁看到一位開著貨車停在郵局旁賣水果的老先生，年紀應有六十餘，隨著季節變換，有時賣番茄，芭樂，鳳梨，今天居然賣糖炒栗子。近來，常看到有一位女子，年紀大約三十餘，而且可能是東南亞外籍女子，乖乖定定的坐在攤位旁，是妻子？是情人？不得而知，但是，一定有金錢與情感上的交流吧。人是群體動物，需要愛情與親情，不知道他們究竟是屬於那一種情緣，總希望人世能尋覓美好的另一半，讓生命更美好。

人世情緣是一種奇妙之物，追不著，尋不著，卻在你不想追尋時，驀然回首卻又與你四目相遇。化解了孤寂如雪的人生，也讓人生有更多美好的可能。

寂寞如雪，如風，如水，總是要讓自己千迴百轉的心緒中去流轉那種深沈不可救奪的感受，讓生命一一的回叩生命中的無可奈何。

學妹帶著一男一女再婚大三十餘歲的男人，並且對我說尋找到真命天子，見過她之前的丈夫也很棒，只是不能了解他們婚姻出了什麼狀況，換了年紀大的丈夫，生命是否真能有所改變嗎？

看著周邊女子們的孤寂，也同體感受寂寞的況味，人生，最是在心緒無可理解時，才能看見自己最深沈的寂寞。

二〇一九年一月十四日

走過繁華

如何讓自己更好？如何讓自己有正向能量向未知的人生前航？如何讓自己能夠承受人生的風雨晴陽生離死別？如何讓自己面對事實、真實的人生好好的磨過每一個日子？

曾經，有過一年六個月的研修，在我擔任中興大學人社中心研究員的時候，雖然有壓力，卻能夠好好的書寫，寫出一本六朝志怪。歡喜承受這樣出書的喜悅，過程的艱辛已無足話語，而今展讀時，仍然感受能量充沛與思維的縝密。而今，繁華已過，再也沒有心思構築一本完整的書籍，只能重輯舊作，只能以碎片時間書寫心情，唐詩，圖像文本皆是舊作，甚至跨度是二十多年，能說是我在後退，還是腦力已不足以迎接光燦來到的新年月嗎？去年，一年的時間研修，卻沈淪在研討會的奔走之中，走過數趟大陸及歐洲，似乎再也無法回到書寫的狀態了，而今，悔悟也無以救回已逝的歲時了，如果再有一年的研修，我是不是仍然回到光燦書寫的歲月呢？

繁華，總是令人心動；美好，總是攝人心目；再多的不捨，再多的流連，再多的感慨，也無法挽回曾有過的光華亮燦，想念自己的過去，想念自己的光華歲月，想念自己的能量充沛，想念，想念，仍然無法回挽已逝去的過去，只能往前行，匍匐往前走，一步一腳印，想要再創光華書寫，想要再回到美好的書寫狀態，讓我揹著筆電，到摩斯，到圖書館，消磨一天天的時日，挽回已然逝去的光華。想要完成的書寫很多，時間雖然有限，卻讓自己無盡的消蝕在電視聲光之中，在無盡的流逝長河中，在運動的旋律中，無法重回的光華，難道真的一逝不回了嗎？無法重回的青春，無法重回的亮麗光華歲月，只好真真實實的面對一步一腳印的往前行進。

肯定自己的腦力未消蝕，肯定自己的餘生仍能書寫，肯定自己仍然有剩餘價值，肯定自己，才能有能量再書寫，再前進，再創光華。不能再沈淪，不能再沈溺，無美可以耽溺，遂讓我絕望的面對月升日落，面對著起起落落的每一個歲月。期待，不如劍及履及，不如好好面對書寫，重新拾起書寫的能量，重新面對自己的人生。能夠翻轉的能量，而今只餘書寫了，不知道能否撐起書寫的能量，但是，相信自己才能在浮世之中浮出水面，浮出塵囂的人世，不知道別人是不是常常糾結在生存的價值，但是，我確真實的每一天每一刻皆在問自己活著的意義何在？如何可以更光華的活著，不為別人，只為了順應了一口氣而活著，讓自己有理由更皇亮的活著，讓自己可以好好的生存在這個浮世紅塵之中。

不要活在過去的光燦之中，要再造光華亮麗的未來，書寫吧，重新面對可以面對的人生。在摩斯，在圖書館，在每一個有桌面書寫的日子，要好好的珍惜。人生，美好不長久，人生沒有永恆，有的是，無常與無悔，只有無悔的活著經營有意義的人生，才能不負此生此世。不知道他人如何活自己？而我常常和自己交戰，和自己抗爭，和自我掙扎，只有運動，才能用快旋律來翻轉不愉快的人生，節奏是生命的鴉片，如何再創造快樂，和自己抗爭與交戰，似乎是無可迴路的人生。

繁華的，美好的，不會重回，如果不努力經營的話，這些美好皆會淪逝，只能追憶，只能追悔。而今，能夠重回美好，只能努力再努力。逝去的，永遠難以回挽；能夠創造的，是繼續往前進吧！走過風雨人生，才知道真心面對自己，才能了然於無憾的人生。

繁華事散逐香塵，所有的美好，終究如風如雨如電如露，無痕無跡，只能面對自己，再來段刻骨銘心的書寫，才能成就未來，縱使沒有希望的未來，也能因為努力，而能有一段有可磨鍊的事情去忙碌，而不必於惶惶悽淒無所安頓。

二〇一八年七月二十日

再生

《星際過客》電影描寫一位將到第二樂園星球的移民者，預計在休眠九十年後醒來，結果提早醒來了，還有三十年的歲月將一個人漫長的度過，其他三千多位旅客皆在休眠狀態。如何過好這個無法重回休眠的狀態，實在是一個很大的考驗。除了酒保，沒有談心的人，只能一個人面對自己，但是，漫長寂寥的人生，如何遣度呢？似乎，那種深切的孤寂感受是我很可以領受的。

新聞報導一個獨居老人，太無聊了，無人對談，只好打電話給警察說，自己不會關冷氣，只為了有人可以到家中對話一下子，這種孤寂，也是我深深可以體會的。

所有孤單老人的生活，我皆在深切領受，也在實踐中，人生是不是只能如此？是否只能在無盡的孤寂中度過呢？遊走在人世邊際，沒有目的的活著每一個日升月落、每一個花朝月夕的心情是什麼景況呢？誰可以對話，可以共賞，可以在人生的流影中交會？念此刻，孤寂的領略已深刻，只能讓自己在書海中度過漫寂的歲月，讓自己不會沈淪在無盡的電視喧囂之中。伴著走過孤寂的高亢歌聲，是否還能從迷失的軌道中找回？是否還能在無窮的孤寂中走回？

人生，最終仍要回歸到一個人存在的事實，如何面對自己，如何讓自己好好的翻轉活著的意義，似乎是此時此刻最真實的寫照與體會。沒有心，沒有希望的人生，還能有什麼呢？如何讓自己活得快樂呢？似乎一直在尋找存在的意義，以及昂然活著的動力，是此生此世此時此刻最深切的心情。

在孤寂中，學會和自己對話，和古人對話，和研究對話，和書寫對話，讓自己的生活不再孤寂，似乎比對影成三人更有活力，更有精采的未來，找回可以昂然的理由。不是為了翻轉無可翻轉的人生，而是為了讓此生此世更漫長的未來可以一步步前進，一步步往前行走。

人生無窮迴路中，如何走出一條路呢？如何讓自己快樂呢？每過一天，便是一個鐫刻的歲月痕跡，是否在這個世界上也有很多人和我一樣，一直在尋找昂然活著的理由、活著的意義，以及尋找快樂的因子呢？

期待，更好的面對每一個日子，每一個再生的日子。

二〇一八年七月十四日

心境

人生如風，如雲，到處漂泊流浪。如果流浪可以安頓也罷，可惜，無歡無喜，生命也就在這種情境之下，到處飄流隨風遊走。

走在師大路上，穿街走巷，猶如走在人生的小徑上，只能往前，不能奈何。走進圖書館，打開筆電，只想寫的不是學術論文，而是生活的碎片，與自己心境相關涉的是真實的心情，不能與人言說，也只能和自己對話了。自己對話又能如何？潛蟄的心境是一層層累積的孤寂厚度，走不過的低谷猶能如何呢？

時間的流度，生活的壓力，厚積四大疊待審查的教科書，此時，還有餘力處理嗎？再則是，備課的壓力，研究的壓力，都敵不過心中的孤寂。

幽坐在師大綜合大樓內，看著人們散坐在座位上，沒有言語，感受流逝的歲時滴滴點點流逝，互不相交，互不言語，靜默的在同一個時空中，互相坐望，想到垂老的情景，能比此時更好嗎？孤獨可以享受嗎？孤寂可以享受嗎？

重回師大總圖，又是一群同時空坐在一起讀書工作的人們，互相不識，空氣流動的是相同的溫度，可是每個人心中的溫度或許各有不同吧。

在典籍中尋找尚友古人的溫度，孤寂的人生，不僅僅是個人的感受，更是千古才人的感受，古來聖賢皆寂寞，唯有飲者留其名。縱是飲者留名又能奈何？孤獨寂寞才是真正的人生，沒有人與你同起訖、同生死，只有自己才能踽踽獨行在人生之旅，攜手相伴的人終要走離，曾是互相取暖的友朋也終將離散，想到玉玲，青春早逝；想到葆文，天不假年；而亞傑呢？又在最可以開展的人生走離了，徒留下孤寂的世界任憑流轉。沒有可以言語的對象，形成我與我對話，只能和自己和筆電對話的孤獨感，又是誰可以體會的呢？學術是何事，書寫是何事？人生又有什麼可以經營的呢？無燈無光沒有希望的人生還能如何？無法翻轉的人生，如何迎向明天的日出？如何面向未竟的工作與事業？

華麗人生，念此生已日益消沈無望，而未竟的旅程，又能在何時知遇何人呢？封閉的人生，只想快樂，如何快樂，如何可能呢？當最愛的旅遊皆已不愛時，生命陷落的谷底真真無人可以言說了。

人前的歡笑是強顏，考完一本又一本的碩博論文，又能證明什麼嗎？寫完一篇又一篇的論文又證明什麼呢？多一篇少一篇又如何呢？是給自己有事做？抑是讓理想再往前踏進一步呢？審完一篇又一篇的論文又如何呢？人生陷落在谷底，只能在冰冷的潮濕中尋找溫暖的燈火取暖，偏偏不想讓他人知道的心境，寫在臉容上，卻是一層層冷於冰的寒颯。

二〇一八年七月二十六日

味無味，歡無歡

擬在火車上小寐一番，忙碌了一天了，終於可以休息，可以回家了，然而，雖累，卻一點也無睡意。未知因何，近日無可歡，無可樂，亦無可食，不知道什麼可以讓生命揚波，整個人似乎沈浸在深沈的感傷之中。

雖然在感傷中，許多事情也照樣做，照樣過活。度過了一個唐代學會的國際會議，擔任主持、講評、發表，也邀請了許多文學組的國內外學者參與盛會。同時也參與東吳大學中國古典文獻研討會，擔任特約講評，很特別的以ＰＰＴ講評文章，讓發表人印象深刻；還有一個彰師的白沙文學獎評審工作，盡職的用ＰＰＴ講述少兒文學的評審標準。

在人前，總是堆滿了笑臉的我，不想讓別人看見內心的幽傷及感喟，只想讓這些心緒如地龍潛入無時空狀態的黑洞裡，不要讓人覺察。

然而，有時不經意冒出來的感傷就是讓你悲傷的很想落淚，卻又不想在人前落淚，於是，在公車上，在火車上，在課堂上，你總必須壓抑情緒，不要讓它汩汩流洩。

上週，突然憶起了外祖母魏趙綢，她慈祥的笑容，似乎還在身旁，忽忽已過了數十年了，感傷，似乎無法遏止的迎上來，歲時匆匆，總讓人猝不提防的來去。以前想念的人是阿嬤林王卻，內嫌，總覺得人生的情緣如此短暫，如此流景催人，讓人一再的跌入時光流逝的感傷之中。

不僅僅是思念，回憶，更讓人有物故人非的棖觸，同時，日益衰減的體力精力與能力，不再精明能幹，易忘易失的記憶，再也無回頭路了，迷途的記憶讓生活變得非常不便利了，必須習慣。再就是，感傷自己的眼力日減，飛蚊症是不可逆的惡化，直讓自己陷入很深沈的感傷中，因為想做的事太多了，眼力不能用，什麼事情都有可能臨時中止，甚至可能因眼力太差而提早退休。這種日益衰老的感傷是無以名之的，也無可言說的。

也想到，北雁南來想回歸家鄉，高房價讓人下不了手，有薪水猶且買不下手，何況退休領的是杯水之薪呢？想到未來的路途總是如此遙遙無可期待，不可想像，焦慮感也不時萌生，如是糾纏的情緒總是將自己束縛與困住。

想讓自己快樂，平時喜歡飲饌的我，總是煮自己愛吃的紅豆，綠豆，還有魚，豬肉及雞肉，吃喜歡吃的食物，讓自己歡樂，然而，最近似乎，味無味，沒有什麼可以讓我想吃的，連最愛的蛋糕也沒有胃口，何以如此？也說不上來，心情跌入深谷，什麼事情皆了無興味，連上課也如此，喜歡上詞，上詩選的課程，可是，此時此刻，卻一點興味也無，一首首詞的解析又如何？一篇篇繪本文學的解讀又如何，沒有興味，百無聊賴，讓自己跌入更深沈的幽谷之中。

寄來的《圖象敘事與多元文本》的三校樣書，心情並無有喜悅，只是努力做完一件事而已，一件該做的事情而已，真的，沒有興味，沒有快樂，讓自己做該做，行該行的事而已。

昨夜，真的，很沈悶的，和學生談完二本碩論之後，無歡無喜，走回宿舍，想著，何事可讓自己快樂呢？可讓生命揚波呢？卻一點也無，想起了唱歌，好久好久沒有聽歌唱歌了，是不是因為這樣而讓自己陷入不可救奪的感傷呢？於是，打開手機，聽著快節奏的〈浴火鳳凰〉，聽著李玉剛的歌曲，從〈雨花石〉，到〈月光〉，似乎仍然沈醉在他迷人炫目的華麗身影中，一邊批閱著中興湖文學獎的古典詩文的審閱，音樂聲的旋律不斷地將我導入另一個場景之中，似乎，超拔出悲情感傷，暫時性的離開了現世的悲情感，而淪陷在古典的憂傷之中。是的，歌聲載著我超離了現世的感傷，可是，真正內心深處的幽傷仍未消解，只是換成一種形式在人世間流轉而已，以音聲，以旋律，以不可救奪的感官刺激著無歡無喜無味無感的心情，如是，我將再以何種人身流轉著自己在現實社會的位階？將何以讓自己可以歡歡喜喜的度過已日益衰老的向老向暮的年歲呢？

是不是因為忙碌，許久未運動，讓自己一直得不到多巴胺的撫慰而有感傷的負面情緒高揚呢？如何，如何讓自己快樂呢？是不是好久好久沒有寫書法了，沒有平和自己的心情了呢？太多過去喜歡做的事，是不是仍要一貫延續下去才能有歡樂呢？無足與人歡，無足與人言的悲感，究竟要如何才能重新救回青春昂揚的人生呢？

二〇一八年五月十日

誰來陪我過聖誕

週四，回到家，結束三天在外忙碌的工作之後，只想放鬆自己。第一件事情是打開電視，一邊做家事，一邊聽新聞。掛在陽台的衣服經過三天的曝曬，應是乾了，收拾衣物，然後洗個暢快的澡，將俗塵全部滌清。沐浴後，清清爽爽的在茶几前繼續工作，拿出學生的作業批閱，結束，略作休息。

隨意亂轉電台，看到《誰來陪我過聖誕》，一看片名就知道是一齣笑鬧劇，而且是很深的寂寞，唯有幽獨之人可以遇見幽獨，那種深沈的寂寞感是我很能體會的。每週四回到家，就是一種獨孤與幽寂。謝他酒朋詩侶，沈淪在幽深的小小世界裡面。

劇情講述一位從小單親的男子A，母親為了賺錢養活二人，拚命工作無暇照顧他。小男孩從小就孤獨的過聖誕節，十八歲讀大學，母親往生，從此更孤獨了。事業略有成就之後，渴望有家人陪伴、渴望有人可以一同歡度聖誕節，遂願意花費二十五萬元和陌生的B家人簽訂合約要一同過聖誕節。

這個喜劇笑鬧片，除了博君一粲之外，還深刻的點出幾個議題，其一，身在福中不知福的B家人，不懂得珍惜有家人共處的歡樂；反觀A男因為無親人共渡，寧可花錢買一個暫時租來的親情歡樂。其二，失去的聖誕童年，是不可逆回的，不管如何營造，逝去的童年，永遠也追不回來了，而且親情的歡樂真真無法用金錢堆疊出來的。其三，生活長久以往，容易被歲月消蝕應有的尊重與珍愛，唯有真心相待，才能換來家人真情相守。

「誰來陪我」雖然用笑鬧劇呈現，卻點出一個很幽獨的生命課題，沒有人可以陪誰到老、到死，那麼，孤獨與寂寞就是一個無止境的黑洞，讓人一直往下陷入其中，這是比悲傷還悲傷的課題，只有自己才能堅強的走出來，但是，那種幽獨，真的不是他人可以理解的。

林黛玉孤高性情，加上寄人籬下，依人而居，遂將自己深鎖在高處，不肯隨眾、隨俗地走下高懸的孤高殿堂，終究還是魂歸離恨天。在凡塵俗世匍匐而行的我們，是否也有孤高性情不肯隨俗隨眾？是否還以睥睨之眼，審視身在紅塵的肉體人身而無法遠離迷夢翻然醒來？

遠在台北的家人，與幽獨的在竹北，似乎是種反差。是不是有著林黛玉孤高的心情，才會將自己深鎖高處，不肯走下來？還是自己原本就喜歡站在高處冷眼凝視世情變化？懸在孤高之中，還是走向人間？每天每天，和自己作戰。究竟要孤獨的走幽寂之路，還是過著凡夫俗子、匹夫匹婦的生活呢？

「誰來陪我」，成為一種幽深的心情，不可逆回的人生課題，只有自己可以度越。書寫，似乎是可以支撐下去的能量了，然而書寫的意義何在呢？有多大的魔力可以支撐整個幽獨的世界？

二〇一八年十二月十四日

小小幸福

車行經過福興路，看到一棟玻璃大房，心裡馬上浮現是「大都會」，當年風發一時的家具公司，此時已是蔓草風煙，前方的玻璃窗有一大塊已破損了，屋前停了許多汽車，感覺已頹敗多時了。什麼時候時光悄悄的溜逝，一點痕跡也未曾留存。說到大都會，那時我們尚蝸居在新竹空軍第十一眷村，看到裝潢明亮的大都會，興發我們購屋的動機，到大都會參訪家具對我們是一個幸福的象徵。然而，歲時悄悄流逝，此時此景，荒敗之中，看見歲月無情的消逝。

曾經，很多時候，對我們而言，小小的邂逅，皆是一場美麗的幸福。

到赤土埼的喜憨兒用餐，買麵包，曾經是一種幸福。享受聚餐，享受歡樂對談，享受無壓力的假日午後，悠漫閒散地吃喝，小小的方桌尺寸之間，便是一種幸福。

驅車到竹線四三線，隨意閒逛在綠野山林之間，彎彎的山路，迂迴的山徑，隨興地遊走在台三線上，也是一種幸福。水岸喝咖啡，開讀書會，到大湖採草莓，到五二〇高地採桔，走一三

0繞過整個竹苗山區，看到桃李芬芳的果實販賣，也是一種幸福。到卓蘭剪葡萄，吃客家小吃，也是一種小小的幸福。隨意地，驅車行走在台三，在竹線，到關西吃小吃，小小的出遊，小小的飲饌皆是一種自在滿足的幸福。

小小的筆記本記錄了自駕旅遊的路線，什麼時侯左轉，什麼時候右轉，那個地方可以買橄欖，買茶葉，滿滿的路線圖，見證了許多出遊的快樂與幸福。不經意地抵達苗栗的馬家莊，吃個小小的紅豆車輪餅；到竹北的福田采地看波斯菊；到芎林的文昌宮拜拜；到北埔吃客家小吃，兼喝擂茶；到新埔吃粄條。小小的飲饌，包涵了無限的甜蜜與幸福，不必大餐，不必大魚大肉，一杯小小的咖啡，一塊小小的蛋糕，皆是美麗的幸福。

從什麼時侯開始，賢開車，繞過竹四十三，再無興味；繞過竹東，幾分鐘之內，繞遍了大小鎮；一點新奇，一點感受皆無，芎林的文昌廟也是如此。我們總是在尋覓舊時走過的痕跡，再走一次，再玩一次，卻發現，什麼味道也無，什麼興味也無。大街小巷繞走，大景小景驅車前往，卻覺得什麼也沒有了，什麼也不是了，是舊時那種小小幸福感遺失了，還是歲月遺失了？是我們的心情不再了，抑是景況有異舊時？不得而知。遂讓我們不喜歡在國內遊走，日前走一趟內灣，感覺，除了一條老街之外，什麼也沒有了，進了內灣戲院，景物雖在，人事異於舊時；踏進劉興欽漫畫館，依舊是昔日的建設，卻讓我無法感受幸福的感覺。

小小的店，小小的咖啡，小小的出遊，小小的飲饌，小小的景點，小小的市街，小小的小攤販，小小的老街，對昔日的我們，皆是美麗的邂逅，皆是溫存的快樂。未知，從什麼時侯開始，不再幸福，不再美麗，景物依舊，心情不一樣了，什麼都質變了。

現在的我們，只能假日到巨城閒逛，到光明美食街稍微吃點餐飲，除此而外，幾乎什麼歡樂也不是了，物換星移幾度秋，人事的變化，浮沈的歲月，儘是令人感傷的悲老嘆老。如是，尚能有什麼可以興發歡樂的意趣呢？

小小的幸福安在哉？小小的確幸安在哉？因為看不見舊日的景，感受不到舊時的心情，浮漾心底的是，只想脫離這個景物已非的舊地，只想讓自己遠遠流浪到異國異地去，讓不一樣的人文風景引發內在的歡樂。從此，無歡可歡，無樂可樂，悲悲慘慘的小小幸福逐漸地淪陷在記憶之中。此時此刻，尚能有什麼可以歡，可以樂呢？

浮遊在異國異地，難道是一種小小的幸福臨現嗎？事實上，異風異景，也徒增感懷了。天光遠流浪，銅柱從年銷？我們究竟活在何世何代？又在何地何方流浪呢？如果生命是不斷地輪迴，那麼什麼樣的情景可以停止輪迴？如果人生是一場夢境，何時才可以夢醒呢？如果人生是一場戲台，那麼誰是主角誰是配角？每一個人，活在當下，是真實真確的存在，而我們的輪迴，我們的夢境，我們的戲台將因何而存有，將因何而銷滅？真實果真是真實嗎？虛幻果真是虛幻呢？每一場戲，每一回夢，每一次輪迴皆要努力扮演好自己的角色，讓自己不再淪失在悲情之中，讓小小的幸福重新回到心中，回到現實的生活中吧！讓自己可以快樂，享受以前曾經擁有的幸福，讓自己感受曾經有過的所有歡樂吧。浮生若夢，為歡幾何？總在最喧囂的人潮與市街中感受最深沈的心情的淪陷，感受歡與悲的反差。感受，感受，畢竟心靈是一種浮遊的靈，無法銷除想像與思維，無法消除的感受，一直一直浮上心臆，讓自己浮遊在光影之中，流失了想像也忘卻了思惟。

人生至此，夫復何言？總不想將自己陷落在悲情之中，可是，眼中所攝，耳中所聽，口中所言，感受到的仍是一種物是人非的悲感。無歡可歡，無樂可樂，只能在悲與歡中回復流盪。

二〇一六年十月二十四日

哀我逝去的華美流光

書寫，記錄了存在的事實，也為流逝的光陰留下點點滴滴的瑣記。無論是鴻爪泥痕，無論是片羽吉光，皆是生命的事實。念此刻，哀傷飄飛無以留駐的過往青春與煌燦歲月；哀傷，永逝不歸的華年未能留下珍貴的回眸一望。哀哀無告。

重讀舊日所遊所思所想所省，才能有確確實實存在的真實感，失去了文字的記錄，生命像蓬草隨風亂飛，無以根繫；像流萍遊走水域，難以情繫；像風，流走；像雲，飄遊；像鏡中花、水中月、風中塵無法挽住的傷逝情懷一一襲上胸臆，那麼深刻、那麼幽然的感覺停駐在胸口，竟教人久久無法自已。

人到暮年，只想留住曾經有過的青春；人到暮年，才哀感歲月流逝是不可回挽的浪滔，一波波一潮潮地洶湧前翻，沒有回頭路的當下，只能剩下哀感，除了哀感，還能有什麼呢？

猶記得，元培讀書會的時候，群遊內灣，在市街上拍照的燦笑，沒有文字留存，徒憾。群遊南園時，那種快意暢然，幽雅的園林建築，讓人沁心而喜。群遊陽明山竹子湖，在海芋盛開的季節裡，遊賞美景與坐在行館裡品賞美食同是人間消魂的暢意。

遊走台三線，採橘剪葡萄，賞桐花摘草莓，吃客家美食，品味客家擂茶，同是人生欣然之事。

珍惜每一場的回眸凝視，因為生命再不回轉，人生也不再有光影投照，只能就著曾經有過的溫熱，讓生命有一點點的光，一點點的影，留住曾經而現在再也不會回來的過去。就著這一點點溫熱，才能有動力邁足前進，無法開帆揚航的人生，只是一灘死水，在臭水溝中看著日出月落，看著歲月的變化。心是想飛，無奈身是波瀾不起的古井水了，人生至此，夫復何歡何樂？

哀傷，只能是哀傷，逝去的流光永逝不歸，而留在原點的想望與回視又能留住什麼呢？曾經的美好，華美的人生，只能成為一篇篇流逝的詩篇，跌落在日升月落之中，也只能在夢斷香銷之後，深刻品吟。

從今而後，書寫，縱使是斷簡殘篇，也足以溫熱無歡的人生；書寫，縱使是不成篇不成章，亦可以為曾經擁有的過往，留下泥痕鴻爪。

哀感，曾經有過的華美人生，而今也是繁華落盡了。看著老嫗，看著老翁，心有所感，來年來日，我也僅是傴僂著身軀，行走在市街中，張望著青春永逝不歸的浪潮前翻前滾；步履蹣跚於今何有，但願此時此刻的我，為每一分每一秒的人生作書寫註記，讓這些曾經是未來，又將流逝成為過去的朝朝暮暮，吟成一篇篇動人的詩篇，猶如李白的仗劍遊行人間，猶如杜甫的憂憫襟懷，猶如義山的情深哀奇，皆銘刻在中華兒女的胸口中，因此也將要把自己的這番心情以書寫存錄，來年來日，才有回顧的依憑，能向世人訴說曾經有過的心情記錄，是曾經當下最真實在的存在與書寫。

人生，就是在編織的文字中形成動人的詩篇，也在動人的詩篇中感受曾經有過溫熱的深情密意與永逝不歸的傷逝，一一交織成纏綿悱惻的人生，這樣，在回望時，也才能在回眸瞬間有聚焦的召喚，銘刻成注目的視點。

傷逝，是此時最深刻的心情，哀傷流逝的歲月光華是最難回望的焦點。

此時，也僅能利用生活的碎片時間，記錄曾經有過的心情流轉。這些碎片將形成生命中的光影留映在心海沈澱成時時呼喚的音聲，流轉在昏黃歲月的邊境裡，成為一襲惘惘迷離的往事迴旋曲，不斷地因時因地因人而播放出宛轉難迴的旋律。

二〇一八年八月十五日

花開鳥鳴

一個人可以如何生活呢？一個人可以如何快樂呢？一個人可以如何面對悠悠長日呢？面對幽獨無可言語的長日，只能到WG運動，讓音樂的轟炸聲驅走孤孑的感受，讓跳躍的旋律舞動款擺的身姿。一個人生活也要快樂，也要有動力，總不能頹在沙發上看著無聊的電視度過一日又一日呢？

若是一枝青草，也要發露青青的綠意，隨著清風搖曳生姿。若是一朵不知名的花，也要花顏燦笑，隨著晨風夕日開綻芬芳，馨香相隨。若是一隻飛行的小鳥，也要棲在樹上巧囀歌喉，讓恣意的欣然，幽幽播放生意。若是夏蟬，也要高倨枝頭唱著長夏的綿長音聲，讓吱吱的音聲流轉在晴空艷日之下。是一泓長流，也要宛轉成清澈的流度，讓人掬飲漱心。是一潭碧綠水湖，也要如鏡倒映天光雲影，供人賞玩。是一布如彩的晚霞也要流麗飛燦，輝耀天空綺麗的傳奇。

是的，萬物欣有託，我也應該自滿自足於眼下手中的幸福吧！縱使是一個人也要活的昂然，活得快樂。

將幽獨反轉成可以欣喜的能動力，讓一成不變的日子，翻轉成可以載歌載舞的生活，幽獨是自己的心境，而快樂也是心境的反射，如何可以反轉人生不可言說的幽獨而走到煌燦可人的光照之處呢？幽幽長長的人生，不可只有陷落，唯有以能動的力量才能走出坎陷的困境，期待自己，也要求自己，如何活出快樂，如何面向燦陽，如何舞出美麗的身姿，如何歌吟巧囀的歌喉，如何書寫動人的詩篇，如何走向煌麗光亮的前途，不能只是順著歲月流轉不可說的幽獨，不能只是頹廢的過著一日復一日的長日，不能只是閉鎖在故紙堆中忘記溫馨的花香鳥囀，忘記清流如吟、天光如鏡展示璀璨的畫布。

是的，好好面對自己，凝視生命、生活，讓自己以快樂曼妙的舞姿，舞出風華絕代的人生歌吟，讓風華不可一世的美麗溫存成生命的光影，供人觀賞，供養在心。

二〇一八年六月二十四日

青春如夢

參加學生的婚宴，感受喜氣洋洋，也特別感受青春洋溢的蓬勃，對我，都已是枯井波瀾難起了。

學生在婚宴上侃侃致詞，聲量超大，中氣十足，完全沒有小女人的氣息嬌弱，在向父母、親友宣告，這就是我的人生，我是可以主宰一切的神，雖然，淚水糊了花顏，仍然可以感受她宣告世人的存在感受。

相較於她，我只是默默的一顆小石頭，一團小小無形的空氣，不在乎別人有無注視，不在乎可以被注視，我只是我自己，仍然是一個小女人的我。看見她的青春霸氣，讓我想望年輕時的我，是不是也是如此呢？

從來，我就是內斂的，含蓄的，低調的，不張揚的。適合做一朵默默綻放小小香氛的茉莉花，沒有撲鼻的濃郁，沒有張皇的花色，更沒有驚天動地的花形奪人眼目，只是小小的，白白的，幽淡淡的綻放在某個籬笆的角落，這種花形花香花色正是我的花語。不求人知，不求人解，我只是活在一個小小的世界裡，綻放著屬於自己的春天，自己的青春。

就算是委屈，也從不爭吵，只是默默的含納著這一切，彷彿是含納四季天候的變化一樣。也因為這樣，習慣不爭不吵，也默默地接受一切的安排，老天的安排，無力抵抗，也無能為力去抗拒，只能默默的承受。想著青春如夢，早已遠揚；想著青春如夢，無影無蹤。人生，也只該是如此的承受這樣的起承轉合嗎？一生，也就是一篇起承轉合的文章嗎？在承受的當下如何承受生命之輕？如何承受生命之重？在轉變的當下又當如何的迎向前去？如何直面人生的變化？也許，一切的安排真的是最好的安排吧！這樣的失去，才能更懂得珍惜；這樣的曲折，才能更知道人生由命非由己；也就是這樣的轉折，才知道生命中有很多的無奈是自己無能回挽，也無力招架的，只能直向前去，面對不可迴、不可逆的人生，需要更多的勇氣迎向前去，無論是要默默的選擇接受或抗拒，似乎，這就是不可逆的青春遠揚，再也無法回望的時間黑洞。

想著，想著，此生此世好好修福修緣，修好修圓修滿，才能有來生來世的福報。也許，根本沒有來生來世，那麼，我仍然願意在此生此世好好活過每一天，珍惜每一個人物的交接往來，好好的面對眼前所有的人事物，讓自己好好的面對真實不虛的人生，至於能否華麗轉身或下台，已不是當下要經營的了。

青春如夢。在青春中看見自己的催枯拉朽，看見自己的華年逝水，看見自己向時間的黑洞邁進，看見自己向永世輪迴的無窮迴路挺進，至於途中能遇見誰，能張望什麼樣的景致，已不是此時此刻可以張羅的了，也不在意料之中了。

感嘆，青春如夢。來年來歲，夢中的我，是否可以恢復一頭秀髮迎向生命的春天？可否飛奔如昔，逐夢、逐青春在未竟的人生之境？

二〇一九年七月五日

只在乎曾經努力過

文學，就是感人肺腑的。

一大早起床，看到王瓊玲PO出新推的歌仔戲《寒水潭春夢》，之所以吸引我的眼光，是她說寫這個小說是最深最苦最痛也是最糾心的感覺。

引發我的好奇，馬上搜索這個故事在寫什麼內容。原來是一個因愛犯錯而錯殺愛人的故事，而他的父親因受不了鄰居異樣眼光之責備而自殺。身負二條命的良山，被囚二十年之後出獄隱居在偏僻的地方，受不了良心苛責，也為了贖罪，原想自盡，卻在好友的善意謊言之下，活出一片新生活。

故事寫的是良心囚禁的煎熬。也因為這個故事，讓我又進入了另一個真實的故事之中，那就是演出的秀琴歌仔戲團，一個揹負傳統使命感的歌仔戲團，以民戲的方式展演這個故事，而在傳承的過程中，看到了團長秀琴及準備接棒的女兒張心怡的努力。看著這些故事，更令人感受到一股肅敬的虔誠。歷史需要傳承，也因為這樣，才有很多人願意付出自己終生所有，努力去圓夢、去完成這個使命感。民間的歌仔戲如此，我們何嘗不是如此呢？知識的傳遞也是一種知識力量的佈施。

看到努力書寫他人故事王瓊玲的努力，讓我也感佩於她的能量豐沛。什麼時侯我也可以寫出一則則感人的故事呢？

人生，經營什麼才能有能見度呢？應如何經營才能被看見呢？只要努力，積少成多，一定被看見的。不在乎天長地久，只在乎曾經努力過。

二〇一九年七月五日

我記得你的容顏

我以為我可以忘記。在經過七八年歲月流光汰洗之後，讓你逐漸淡出生命的記憶之中，不再牽掛，不再縈繫，讓我可以更自在的揮灑生命的彩光。

以為真的淡出生命記憶了，但是，在夢中，你仍然翩翩浮現，而且我是有意識地和你對話。夢中，重回永和的小閣樓木造的房子。

你幽然的現身在我們築構的小小蝸居之中。我對你言說，為何這麼久不通音訊？為何這麼久不回來？我們養的孩子，你為何連一點聞問、訊息都沒有呢？難道你不在乎他的成長嗎？你是否願意錯過他的童年呢？

你默然不語，只是用溫文的容顏堅毅地與我對視，或是低頭不語。

久別重逢，當然很願意和你重訴離別情意，但是，更多的是疑問，何以你願意離家這麼久？什麼事情讓你不回來？有什麼比家庭更重要的事讓你必須羈留在異地異鄉呢？是學術？是工作？是不得不然的神聖使命？從頭至尾，你皆不發一語，只是默然相對。看著你的容顏，真的，永遠也不會忘記，那樣曾經熟悉的臉龐，此時此刻，仍然有一種似親切又陌生的暌隔感浮生眼前。歡喜你重回來，但是更多的疑惑存留在心中，以致於讓喜悅的心情勝過知道你不歸來的理由。

從頭至尾，我很明白的問你，何以如此遠隔不歸，而你只願意緘默不語。意識告訴我，知道是在夢中，但是，仍然要對你發問，一句句明明白白的對問。

直至不得不醒來，你仍然不發一語。

夢中重逢，是應該高興抑是感念離別甚久？對於缺席的父親職責，我真真不能一句不問的放任你如此逍遙在家庭之外。

醒來，悵然甚久。何以再夢見你？何以夢見你歸來？何以不發一語？分明夢中知道是夢，仍然要對你發問。真誠喜悅雖有，卻更多的提問等你回應。你卻表現出默然以對。讓我幽然長嘆。

深怕日後失智之後的我，忘記你的容顏；也怕歲月流逝太快太久，你也蕩出我的生命範圍了。但是，積存在潛意識中，你的容顏，恐怕早已烙印成永世不銷的版畫銘刻在心底了，所以才會幽幽地浮現在夢中重逢。

縱使記得你的容顏也好，不記得也好，此生此世就只能緣淺至此了，再多的思念或是追憶也徒費心思了，只能讓自己好好往前跨步前進，活出一個已經沒有你存在的世界裡，去感受所有花朝月夕，所有的日出月落的歲月淪迭了。

在夢中，我仍然記得你的容顏，醒來，你的容顏仍然浮晃在眼前，那麼熟悉的陌生感，已是暌隔八九年了，銷金蝕鐵，也將歲月磨成沒有邊境的思念在夢裡縈迴纏繞。

二〇一九年七月二十三日

浮生若夢

繁華事散逐香塵，流水無情草自春。

春天到來，一場美麗的春景，到頭來仍是繁華落盡，黛玉悲：一朝春盡紅顏老，花落人亡兩不知。而我呢？駐立在春天的當頭，看到繁花姹紫嫣紅的盛開中，心緒流轉又當如何呢？

近日北師發文徵稿為悼念亡友陳葆文，看到這幾個字，心中一慟，是的，難捨的心情，仍得真實面對，曾經那麼的親近，那麼的和藹，到頭來，仍是如花如霧，飄飛遠逝。

想到亞傑，似乎也還在溫馨的對話之中，轉瞬已是暌隔七八年之久了。人生，有多少的七八年可以思念？有多少的悲感可以經得過歲月的摩挲？人，卻在不知不覺中，承負生命中不可承受之重、不可承受之輕，而終將如一場花開花謝般的隕落。這種悲感，必需要真實面對，也必須勇敢跨越，沒有人可以自在自如的飄飛移流在世界，也無法自在自如的流轉在千門萬戶之中而無所牽繫，終必以情為始，以情為終，才知道人生真的是情之所鍾，正在我輩。

二〇一九年二月二十一日

動物、植物到礦物的歷程

一〇八課綱其中有一項所要展示的是學生的學習歷程檔案。現在，要展示的是自己從動物到植物到礦物的歷程檔案。

個性雖然溫文，但是充滿活力的我，每天早上一定是跳下床來，馬上整理家務或是開始研讀，充分的利用每一分鐘。尤其是，四十歲之前，完全不用鬧鐘就可在我想要起床的時間起來。早上五點鐘就可以起來開始做研讀工作，從來不必鬧鐘的幫忙。而且早晨是我腦力最清明最好的時刻，也是靈思最活躍的時候，用來書寫、研究是最恰當的。

隨著年歲的成長，體力也逐漸日衰了。先是眼力不行了。早起，腦筋雖然清明，但是眼力不堪一早就使用，開始必須轉移研讀的過程，而是做家事，或是買菜，或是運動，總是要讓眼睛在最好的狀況時才能使用。除了眼力日衰，也開始在心態上有了絕大的轉變了。

經過行政的磨鍊之後，有些事情感受不是自己能力可以推動的，逐漸由動物到植物了，任風吹拂，任雨飄灑，似乎要習慣很多事情的八風拉不動。

再來，隨著年紀的老化，體力不再如前蹦蹦跳跳的，也不再有新的靈動想法，更不會有隨時的火花激揚，催枯拉朽是唯一的代名詞，於是，逐漸由植物再邁向礦物了，何以故？何以故？這就是人生，不可回逆的老化老態。害怕自己忘了自己，害怕再也無法思考或研讀，開始記錄曾經有過的事情事件，希望能夠為自己挽回一點點的記憶痕跡，書寫可以記錄的任何事情，雖瑣碎，卻也是留下生命過程的方式之一。

成為礦物之後，每天作息非常的規律，也不喜歡變化。早上運動，歸來用午膳，然後午睡，醒來吃水果，看書，晚上早早吃了晚餐，然後繼續工作，日復一日，不求變，不求新，只是過著簡樸的日子。

想念青春的我，是一隻猛獸，充滿了活力動能。想念年少的我，如花年紀充滿了新鮮新奇的想法，各種怪奇充斥內心，可以讓自己保持新鮮新穎活潑的動力。

想念，只能成為念想，再也回不去的青春年少，只能在夢裡輕逐如花歲月的長揚遠逝，只能在輕嘆中感受歲月如流，無法永駐的悲感尺尺寸寸的流衍過心園，漫衍成灰成劫的人生。

二〇一九年七月五日

反差

手機新聞傳來輿大女生跳樓自殺的訊息，剛開學就收到這樣的消息，實令人感傷。什麼樣的難關跨不過去？什麼樣的痛苦無法走離？什麼樣的憂傷必須以自我了結的方式結束生命？

記得初任大學教職時，開學之際，到商學院授課，行經走廊，商學院的佈告欄上佈示車禍身亡請同學捐款的訊息，顯眼而經目，令人憂傷，何以才開學，學生就遇上死亡車禍，看到這樣的佈告，心情很捨不得，一個青春的年華，從此再也回不來了，永逝不歸的感傷襲擊著。

還有，擔任行政職時，處理某位學生與教師之間的溝通問題，才知道那位學生，在開學的第一天就遇上重要車禍，看著他從植物人轉成類腦性麻痺的患者，母姐推著輪椅悉心呵護他到校上課，最後，也完成學業了，生命的韌性讓他從悲情反轉生命的困境。

還有一位女生，期末考結束，發生重大車禍，被送進加護病房，扭曲腫大的身形，與花容月貌的她實判若二人，大家集氣，祈福，誦念經讖，讓她走過死亡的幽谷，經過二年的復健、調理，終於也能順利行走，後來也完成學業到中科工作了，春節時，還與我通訊息問安。

這些非自願性的重大車禍，是很難避免的。但是，還有一點令人難過的是，選擇自殘、自我了結生命的方式，讓人更感傷。是什麼樣的憂傷走不過、跨不過呢？聽聞她是個靜默的女生，平時成績非常的好，而且也同時考上數個研究所，還在思考要去哪兒就讀呢！為何走不過心中的關卡呢？

在課堂上，勸學生，心中有點苦、有點難、有點憂、有點傷，一定要找方法宣洩，找人聊天，朋友、師長、諮商中心皆可以，一定要將心中的疑難掏出來解決，或者出遊、逛街，分散心中的憂傷，才能跨過這個困難。

死亡，這件事是很痛心的，不是死者的痛，而是未亡人的痛。「死者已矣，生者何堪」，活著的親友要去承負逝去的傷痛，要去面對親人離世的感傷，那種憂傷才是最難跨越的。黃春明的孩子自殺，心中的痛，用一首詩來寫母親每天準備飯菜時仍會擺一雙碗筷，彷彿仍在，視死如生。每個人皆應珍惜生命，讓親人們不要去承負失去的傷痛。

在課堂上勸同學，無論如何，一定要走過生命的幽谷，痛，苦，傷，皆可以揮灑而去的。陶淵明說：「俯仰終宇宙，不樂復何如。」抬頭低頭皆是一個世界，不快樂又如何呢？世界不會因為您的感傷而停止輪轉，那麼何妨抬頭看看青天白日，轉化心情，讓自己有更多的正向能量向前進。

困挫，不會只有你一個人的遭遇，人生不稱意的事十之八九，只有努力跨過去，才能否極泰來。王維說：「行到水窮處，坐看雲起時」，不就是轉換心情的方式之一嗎？東坡的「敲門都不應，倚杖聽江聲」也是一個面對現實景況時的一轉心態，而能心平氣和的聽江聲，欣賞風景。對學生說完這些激勵人心的話，不知道能否起什麼作用呢？

然而，自己也陷入心情的幽谷，常常週期性的到來，週二三的課程對學生講述珍惜生命之後，尤其是早上十點到十二點才對學生說完這番話後，開了二個會議，一個系教評，一個院教評，結束後，回到研究室。

下午一點多在研究室，心情坎陷到極點，下午三點十分還有二節詼諧文學研究，可是，似乎，自己心情並未受詼諧而反轉，反而陷入極端的感傷之中，幽傷的低谷襲擊而來，面對即將開展的三點十分的課是詼諧文學，我似乎沒有歡，沒有樂，極度的沮喪與傷感，一直坐在研究室中，感受這種傷，這種痛，這種莫名的憂傷襲擊而來，悲感來臨，只能直視，端坐，餘皆未知如何是好。

這一種反差與反諷，似乎在嘲弄我。面對學生時，教人要珍惜生命，要走出生命幽谷，而自己卻常陷入無可歡、無可喜的悲情之中。在講授詼諧文學時，教學生要喜樂看待，而自己卻無法將這種心情逆轉，人生之苦悶是一重重的枷鎖，所以才要以詼諧文學來逆轉生活的不順妥、不穩當。可是，當自己面臨這種生命的幽傷時，仍然是一籌莫展。

似乎用一種反差的型態活在當下。生命與生活中的反差，時時看到自己的扭曲與矛盾。

二〇一八年三月十一日

何必如此

生命特質不同，不可強求。

和A學妹對聊，隨意說到自己這個寒假必須寫七篇論文。她則說，寫博論時身體出狀況，現在雖然痊癒了，無法長時間伏案打字寫文章。

送二本散文給朋友，被束諸高閣。心情之幽微流轉自然無法傳訴了。沒有閱讀習慣的人，強求閱讀也是一種痛苦。

初五，到B學妹家中拜年，踏進書房，一眼看到C學妹的新作，立即取下翻閱看目錄，快讀內容，隨意一翻，了然她所書寫的內容。對聊生活景況及清大兼課情境。

和D對聊，她談找工作，談教學的情形。和E對聊，她談學日文的情形，談烹煮料理以及看電影的事情。和F對聊，她談工作的忙碌，談遞辭呈的事情，談目前的台北房價。和G對聊，他談養生，談練氣功，談腦力開發……

和H對聊，知道他研究忙碌，對於下線仍存在許多疑慮。

和I對聊，談飲食，旅遊，談家中景況，談婆婆，談兒子，心中只希望她好好對待她的婆婆，年事已高，還要張羅兒子的飲食，令人不捨，卻又說不出口。

面對親朋好友對聊，感受她們的心情，生活情景，以及當前關注的事情。

每個人總在面對自己的生命、生活，所關注的事情似乎有所不同，我似化外之民，偶然闖進她們的心事之中，了解她們的困境，了解他們的景況，卻無法代替他們去感受這種生活的壓力與困挫。而我呢？面對自己，最要張羅的是什麼呢？研究，書寫；教學，備課。不知道自己承受多少的壓力，卻不能喊壓力，工作是自己所選，不可後悔，也在這樣的日子中形成歲月的痕跡。

近日，庶務忙了近三週，從一月二十八日開始，連著十天北上閱卷，審查，開會。歸來五天，又準備年貨、打掃等，沒有努力研讀工作。再就是春節北上，從除夕到初四早上才歸來，歸來之後，仍然沒有立即投入書寫與研究，直到六天年假放畢，所有的人兒都歸巢工作之後，我才幽幽地回歸書桌，但是，非立即投入研究，而是先處理積存在心中的想法與心情念想，先書寫吧！對於備課，新開的稼軒詞，打了年譜，準備了生平概述，希望能夠在第一堂課先有一點基本的內容講授，再準備詞該具備的基本觀念，希望帶給大家一些詞史的知識。林林總總，總是呈現尚未上線的狀態。

荒廢了三週，轉眼開學在即，今天晨間立即被時間的壓力催醒，七篇文章仍未上線，原定在台北閱卷時期搞定二篇：朱子論詩及《搜玉小集》，結果只有找資料，沒有書寫與論述，想到開學之後的忙碌，只能在眼下好好先開始書寫，否則忙碌會教人團團轉的。

雖然忙碌，雖然很多事情待啟動，但是，幽寂的心情仍然無人可語。

和D通電話，也未知為何，和她對談，總是無法有耐心的傾聽，而且無法心平氣和的好好聊一聊。這不像我，我是最佳的傾聽器，卻無法對她有耐性，而且常常直言。何以如此，也說不上來。

面對寂寞，無法遣度，只好書寫。但是，需要人對談時，又乏可言說之人，整個心情陷入深谷。

和朋友或親人對聊時，往往，不是聊自己，而是傾聽別人說話，讓自己不斷地接收別人的心情垃圾與事件。常常對坐時，心中浮上個問號，為何要聽這些心情垃圾呢？這些與我何干呢？為何要花這些時間對聊這些無聊的事情呢？時間應該花在書寫與研究上，為何要傾聽這些無干的心情事件呢？可是，真的，還是常常做這樣的事情。撫平別人的傷口，猶如他人撫平自己的傷口一樣。

一個人清寂孤獨時，才知道最不能跨越的是孤寂。但是，不同生命特質的人，往往行事風格與態度迥然有別，有時聽不下去，有時也懶得給意見了，因為就算給了，也不會起效果，因為對方常有自己的定見與偏見，無法更易的行事風格，任何意見皆是白廢的。

常常覺得每一個人忙的事情不一樣，不必強求，也不必要求他人一定要書寫、閱讀、要成功立業，好好的吃喝玩樂，好好的過每一個日子，不也是很好嗎？不也是完成人生的歷程嗎？

心知自己最無法跨越的是清寂，書寫是療癒，卻無法代替人語，無可言說時，整個心情便陷入極度的幽寂深谷之中，無力回挽這種陷落的心情，只能一次次、一回回流宕在幽谷之中，坎陷最幽寂的情緒。

常常問自己，何必如此，何必如此呢？然而，跨不過的清寂，就是最幽深的谷底，必須一次次、一回回擺盪起伏，才能讓心情從谷底翻躍而上，才能讓自己有動力再去迎接任何一場人事的忙碌與安排。

二〇一八年二月二十三日

命，半點不由人

李廣不封，顏回短命，孔子轍行天下卒老於行，這是事實，也是命定，不可逆，不可變，只能真實面對。

行到近耳順之年了，一直知道，生命中有很多冥冥中注定的事情是無法改變，也不能去追求的，只能安之若命。

對於這種冥冥漠漠的、窅渺難測的事情，只能逆受，不能多說，不能言喻。人生何以如此？皆是不可追詰的事實，「運命惟所遇，循環不可尋」張九齡早就預示我們了。

做過行政，才知道其中的個中滋味。外力究竟如何能順緣而往，不是我們可以掌握的。這就是命中註定，有能力的人，爬的很快，沒有能力的人只能沈淪下僚，而且時運也很重要，順緣而往，就能逆行而上；而沒有時運的人，也只好面對。

回歸自我，好好的活自己，書寫，為自己的人生掌舵，而不必去羨慕他人，一切皆是命中註定的，只能回歸自我，為己而活，為己而創造。這是最阿Q的想法，也是最真誠的自我，為自己不為別人，書寫自己，不為什麼，只為了消遣寂寥的人生，只為了讓自己的足履有了堅厚的痕跡留存，不管別人如何看待。也許，百年回首時，書籍的重量，才是最真實的重量了。

不可究詰的命，只能積存心臆，不追不求，安之若命了。

二〇一九年二月二十三日

福慧雙修

佛教拈出「福慧雙修」，令人神往，也令人感傷。

人世一生，皆是命定的，自從亞傑往生之後，深刻體會無常二字，也日漸相信命定，相信福報，相信福慧雙修四字多麼難得，多麼令人難堪。

看到世間女子，有聰慧女子，福緣聚足，家庭和樂，幸福美滿，讓人欣羨，讓人感嘆世間的福緣竟是如此對待不同的女子。

看到努力在學術打拚成為眾所矚目的學者，終於成就一番事業。

看到努力經營終能讓家庭和睦的女子，令人感佩。

看到努力在事業營取者，完成了事功追求。

這一切，看在眼中，了然於目。而我呢？追求什麼呢？為何無常二字要讓我深刻體認？在無常的座下，還能經營什麼？張羅什麼？

不能忍受飽食終日，無所事事。

不能忍受無所用心，鎮日平居。

這樣的性格，讓我忙碌。一件事情接著一件事情湧動而來，無所止歇。

忙碌，是為了創造更好的未來？抑是為了填補空缺的生活？是為了讓自己跨越幽寂孤清的歲月？抑是為了讓時光流逝更快，避免沈淪在幽寂之中無法翻轉而出？

欣羨別人，不知前世燒了好香，才能有今日的福慧。欣羨別人，至少不必冷寂一人面對清寂無聊的歲月。

難不成皆是命中註定？隨著年紀漸長，漸漸相信天算不能由人來逆算。福慧既已無緣，何妨努力活好今生今世呢？

此生此世，也只能如此而已，沒有翻轉人生的可能，沒有大富大貴，沒有光華亮麗的舞台，沒有華廈廣屋，沒有簇擁的掌聲。沒有，沒有，只能面對，如實的面對真實的生命，如實的生活，一步一腳印地跨過每一個清陰歲月，跨過每一個平凡的日子。不能再輝煌，只能求平安順利。此時此刻也只能獨自面對煢煢流光，面對自我，如孤島浮嶼在人海中載浮載沈，浮浮晃晃的人世，誰又能與你四目相對接於宇宙的光年之中？誰又能與你對接於剛好的時節，回報以回眸的流輝婉轉。

只能回歸到文字去認取前世今生的精魂，到典籍裡尋暖覓溫，盤桓在斷絕的書影裡，到詩詞裡去尋訪自己初落的心情以及無法回挽的寥落景況。

人生，最終，是白骨一叢，是泥土一坯，是香泥一撮。那麼，還需要營取？還需要努力？冥冥漠漠中，看到自己無喜、無歡。既無可歡，那麼什麼是可以溫暖心靈的呢？什麼是可以努力追求的呢？

念此生此世，無福無緣，也無所需求想望了，那麼，還要如何面對自己？如何活出鮮亮的人生呢？福慧雙修，真的令人感嘆萬分，什麼樣的前世可以修成今世的福慧？什麼樣的今生，可以為來世修成福慧？又是什麼樣的人生，讓人感傷於情緣苦短，人生苦長？而漫漫的歲月將無止境的流逝在光年的邊隙之中呢！

如何更好的活出命定的無常？如何更好的經營原本無喜無歡的人生呢？一直覺得不快樂，

不容易快樂的人生，如何能有翻轉的可能呢？

也想苟且偷安，也想行屍走肉，也想麻木不仁，也想酣醉不醒，也想無所用心，無所事事，也想，也想，但是，如此之後的自己更加不快樂，更加沒有動力。奮力作為吧。

不想苟且活著，不想行屍走肉，不想麻木不仁，不想酣醉不醒，不想無所事事，不想飽食終日無所用心。於是，運動，讓我更有活力，更有動能，聽到節奏快樂的旋律，是不是可以翻轉原本不樂無歡的心情？書寫，讓我潛度幽幽的歲月，以及無人可語的幽寂，如此，是不是可以療癒生命難以結痂的創傷呢？旅遊，讓我走出框限的時空，異文化異境的流轉，讓心靈飛躍在無垠境域，脫繮而出的思維，是不是可以走出悲歡無常的人生？

不知道如何重新面對未知的人生、無常的人生，只能順勢，順著歲月流轉的滾輪，繼續翻滾無常的人生，無可歡無可喜的人生。

福慧雙修，是什麼？念此時此刻，此生此世，不想去究詰這四個字的意義了，因為，它已無實質意義了，沒有辦法翻轉的人生，還能有什麼意義呢。

二〇一八年二月二十四日

生命餘光

兩種不同的生命型態。

一個是汲汲營營抓住任何時間皆在閱讀與研究，包括最無聊的候機或是長途飛行。一個是歐遊一個月，輕鬆逍遙的流轉在各種城市中，說是目力不行，不知道什麼時侯看不見了，趁著還有餘光的時候多看看這個花花世界。

生命餘光，幾個字聽得我震聾啟聵，也聽得黯然神傷。是的，我的目力日損，但是，仍在做傷眼力的工作，研究，閱讀，改論文，審查等相關的工作。

我到底要努力繼續拚搏，抑是要運用餘光享受人生呢？

兩種不同的典型，讓我站在十字路口徘徊，因為AB型的個性，讓我凡事優柔寡斷，也不易展現魄力。

生命餘光呵！如何踩住？如何開展？如何可以再揮霍？真真站在人生的兩端路口，未知何去何從？以我的性情，應是執兩端皆要的個性，既要研究，又要遊玩。看見認真的人，讓我內心自省自訟。看見不認真的人，也讓我自訟自省。也許，允執厥中，才是最好的去路吧！

二〇一九年七月二十三日

送不出的書

寫書，送書，是理所當然。

去年下半年重新檢閱舊作，輯成二書，一是寫公共事務；一是寫個人心情流轉。在檢輯時，已將個人比較幽深的文章刪除了，進行三校稿時，仍然不斷地刪去比較深微心境的書寫。因為，每一校重讀時，仍然會讓自己清淚流下。為了不讓自己感傷，也不想讓別人看到自己幽深的心情流轉，刻意刪除許多文章。

十二月，書籍還在校閱期間，書商已先在博客來作行銷廣告。一位指導的女學生，恰巧看到廣告，立即轉貼給我，並且立即訂書。這下很幽深的心情，不想讓別人知道，結果，居然由博客來廣告行銷面世。這樣的心情更婉轉了，不欲人知，何以要出版？既然出版了，又何以怕人知呢？哎，真的，說不清楚啦。只是想清理近年來的心情，可是偏偏又不太想讓太多人知道。然而書海氾濫，誰會知道是誰寫？誰是誰？誰又不是誰呢？誰又能在書海中披沙撿金看到這一粒書海中的塵沙呢？

幽微心境，成為一本送不出去的書，每一次自我翻閱時，當年的心境一一浮上心頭，同時，也將所有的往事再複習一遍。每每，那樣的情境像動畫一樣，不由自主的流晃在眼前心底，無以言說的深度是無法丈量的，而往事歷歷悠悠，竟不斷地重播再重播。

因為心境的重量而無法送出，成為一本送不出去的書籍。不僅僅堆在研究室，堆在家中，也堆在心海，堆在記憶的深處。

昨夜，幽幽然地再順手拿起翻閱，不斷地複閱字裡行間的情感流動，是讓自己一次再一次的走進前塵往事之中，也刻意藉由閱讀，想把過去的距離拉近一點，或是用聚焦的方式再拉近放大，放大到無法放大時，自己才能夠真實的去面對這樣的情境，這樣的沈澱的心情。

感傷的心情不斷地隨著文字影像而擴展版圖，似是流轉在無邊無境的海域中尋找浮木，最終，浮木仍是自己的心，只有放下我執，放下執念，才能輕悄悄地浮出幽傷的海域，才能從潛伏的深處探頭呼吸新鮮的空氣。

人生就是在無盡的檢視之中，凝視自己不堪面對的真實，以及必須面對的真實，才能了知一切皆如夢幻泡影，如露亦如電。於是，終於闔上書籍，讓自己用清明的心情重新面對自己。

一本送不出的書籍，如是幽婉地蟄伏在心海的深處。

二〇一八年五月十七日

輯三：人：生命匯流

五十年之約

什麼樣的誓約可以持續五十年？

什麼樣的情誼可以維繫五十年？

早上的人文大樓八樓有點喧鬧，原來是畢業五十年的中文系第一屆校友返校聚會。迎面看到白髮皤皤的老先生、老太太，打聲招呼，才驚知是五十年之約。

面對這一群熱情洋溢的學長學姐們，雖然以前未曾謀面，以後也未必能相逢，但是看到闊別之後，還能齊聚一堂的敘舊話昔，那份深情厚意，真令人感動。

五十年之後的我，將在何處流轉肉體人身？五十年後的事情誰能夠預料呢？

莫名的被這一群現身出席的校友感動。還有人問：遠從紐西蘭歸來，何時回去呢？是呀！五十年的情誼沒有被塵俗雜務所羈絆，沒有被山川間關所阻隔，仍然抽身回來，在這個春天的季節裡，回到中興的校園裡來。也許，花木仍是當然手植的花木，然而物是人非，大樓改建，恐非昔日之景了。如是，回首來路，應有更深更多的感思吧！

人生有多少個五十年？一生僅此一次呀！如何能夠在闊別五十年之後還能相約相聚，這份深情厚誼，真令人感動！

人生啊，能否不必如此揮霍春天嗎？暫時留住匆匆行色，定駐在曾經學習的校園裡，看風看陽，看花看草，從歲月的彼端回歸到澄淡的此時此刻，一切皆是平和的。人生歷經風雨波折之後，如今重相逢，是不是頗有看山仍是山，看水仍是水的況味呢？

五十年啊，叫人如何回首前塵，如何面對即將遠逝的春天啊。

二〇一九年三月十三日

生命的匯流與感通：序關公論文集

人生像河流一樣，源遠流長的灌溉生命沃土，開展柳暗花明的前途之旅。

人生像河流一樣，有匯流也有支流。匯進許多支流，讓我們充滿鮮活的能量；也讓我們往下開出不同的支流，去支援不同方向的河流。

大大小小的河流網路，像我們的人際關係一樣，有進有出，有長有短，有湍流急水，有平緩如吟，有涓涓細流，更有滂薄的水源，汩汩然充沛我們的生命河道，讓我們有更多的能量與他人的河域交錯匯流，形成繁複的水系圖。

我們都是水系圖中的一條河流，可以急流，可以緩流，也可以潺湲，可以琮琮作響。學習善知識、正確的知識是必須且必要的，就像源頭活水流進我們的人生河流裡，因為知識總以正確的流向，導引我們流向更永恆的未來，不會被時代淘汰，不會被歷史汰洗成塵。

演繹〈劉備仁德待人事略探究〉讓我們學習劉備高尚的人格，弘毅寬厚，知人待士。講述〈從赤壁之戰探究關公華容道釋曹的功過是非〉讓我們體會關公放走曹操非個人私義，是無私無為的公義，是天地間至剛至浩的大義。學習典範，是要確立人生方向，為公義掌舵。

緣份，讓我們有機會共聚一堂學習，看到大家求知若渴、炯炯有神的眼光，智慧就隱藏其中。和同學互動交流、翻轉教室，感受同學的能量，就像灌注鮮活的活水，豐沛前進的能量，令人感佩。

緣份，讓我們知遇在善知識的學習裡，化剎那成永恆，在每一個星月爭輝的日子裡，在每一個晴陽朗照的歲月裡，共同享有心靈的知識饗宴，擁有齊聚一堂的溫馨。

在這個金桂飄香、朗日普照的季節裡，讓我們共同擁有彼此交會的心靈。在往後的歲月裡，繼續將學習到的善知識、正知識傳承下去，讓薪火不斷，讓學習毅力，如同長夜中的明燈導引我們邁向光明的坦途。

誌於二〇一七年中秋節

跨越世代的吳文英

行走在北車的捷運甬道中，看到行色匆匆的過客，心中浮上了吳文英三個字。

吳文英的意義是什麼？對這些陌生的行客而言，那是一個虛無存在的名字吧！對我而言，又是什麼意義呢？曾經指導過一位碩生寫吳文英的論文《生命的流宕與耽溺：夢窗追憶詞研究》，曾多次演講吳文英時空扞插的書寫，也曾在課堂上展演吳文英一生的愛恨情仇。究竟我和吳文英的距離有多近或多遠？一位生存在南宋末世的詞家，與我的關連性又是什麼呢？

今天，特地從竹北前往台北聆聽漢學家宇文所安的演講：吳文英。為何一個吳文英可挑動我沈寂的心靈，開啟動力前往台北去聽一場演講？是為了名震漢學界的宇文所安？抑是吳文英的哀感頑艷牽動我的心情？是我被那一份迷惘的情懷所撼動？抑是綺艷多富的文學羅織出來的世界讓我沈溺耽美？不知道為何？宇文所安加上吳文英，對我就構成了吸引力，一定要在秋爽的季節裡往台北走一遭。一個曾是生長三十多年的故鄉也成為異鄉般遙遠，重新來過，究竟是回歸抑是過客？而吳文英的存在是真實抑是虛無？是歸人抑是過客？

一個男人，一生絕無事功可言，以幕僚清客處世的吳文英，一生愛戀蘇杭二姬，其後，便用一輩子的時間去追憶曾經有過的青春美好，曾經有過的溫存綺情。宇文所安稱他為中國古典詩歌中最後一位詩人。

宇文所安，一位七十二歲的美國人，竟然愛戀沈緬在吳文英所羅織的文字世界之中，去感受、串接他曾有過的綺麗與哀傷，用真誠的心靈去體契吳文英構造出來的魔幻世界。問世間情為何物？為何吳文英迷戀蘇杭二姬？為何宇文所安迷戀在吳文英的研究中？為何我們迷戀宇文所安的演講？為何我們也迷戀吳文英無盡跳接的意識流、無盡展現的奇情幻境之中？是否我們也反照自己情懷而迷戀在這片惘惘不甘的情思之中？

文學，是跨時代、跨世代的存有。從西元一二〇〇到一二六〇年，迄今已歷八百多年了，但是，我們不曾忘記吳文英的愛與愁、哀與傷，而這份哀愁，究竟可以提撕我們什麼嗎？讓我們一同跌入他的奇情世界之中，抑是從中昇華情感的刻度？

對於行色匆匆的過客而言，吳文英是一個虛無的存在文學史上，但是，對我們而言，卻又如此真情真性的用文字刻鏤那份深沈不可救渡的愛情。

活在今生今世，努力地用真情真性紮紮實實活一遍，這樣的心境，應該也曾經是吳文英所面對的真實世界、真實情感。因此，我們透過文字的召喚，體會了吳文英的哀感深愁，一種物是人非、感今傷昔的情懷，連接到我們生命中曾有過的弔古傷今、感今傷昔的心情，而特別能夠令人傷懷並且觸動心緒的流轉。

人生，何人不是過客？何人不是歸人？在回與歸、來與去之間，形成了寓寄逆旅的浮生，形成了春夢秋花般的浮生，如斯，吳文英又是何許人？來生來世，我又是何許人？誰記得誰？誰能言說誰？只能像鏡花水月般如幻、如夢、如象，終竟是一場浮塵飛埃的蜉蝣般遊走五濁混世。

行走街頭，感受吳文英，聆聽吳文英，是文學世界中跨世跨代的追尋。而我們又何嘗不是異世異代的吳文英，在感時傷逝中活過最真實的人生，歷經最艱辛的生離與死別的況味。

二〇一九年十月十六日

重讀《紅樓夢》

永遠記得高中時，手捧著一本《紅樓夢》，一個人躲在前陽台默默地啃食著書中的精妙文字。曾經，以為《紅樓夢》一書是生命中最深沈的愛戀，只要一本《紅樓夢》便能夠遣渡悠悠漫長的人生了。愛著林妹妹，愛著書中華美精要的文字，一字字，一行行，一段段展讀，似乎也逶迤著漫漫的人生繁華過眼。讀懂的是愛情，讀通的是文字，對於鍊達的人世，無常的感受，以及「原應嘆惜」的飄零感受仍然似有若無的存記心臆之中。

大學時，修讀康來新老師的《紅樓夢》，精闢解讀，常在字裡行間，那種愛戀已不似年少的懵懂與純粹喜歡了，更多了一層層文字之外的隱喻解讀了。

歷經人妻人母之後的我，知道很多人喜歡談《紅樓夢》，知道紅學在學界是一樁大學問，但是，偏偏我卻興不起任何的漣漪了，何以故呢？賢賢小時侯，我曾借東方版的《紅樓夢》給他閱讀，他說，看不下去，男生女生愛來愛去的，很無趣呢！那時的我，還要努力告訴他，這是世界名著，裡面有什麼精采要妙之處，可是，經過這麼多年了，賢賢當然還是不喜歡《紅樓夢》中的男歡女愛，不喜歡情節是流水帳似的，沒有懸念，沒有高潮迭起，只是流水悠悠地蔓延著各種男男女女交接往來的心情，一部大觀園究竟有何可觀呢？

近年，一位朋友在紅學下苦功，也站上線上教學，寫了數本紅學的書，成為無人不知，無人不曉的名人，儼然是海峽兩岸的紅學代言人，成就非凡。

近日再度展讀《紅樓夢》，居然，歷經歲月的流轉，人世的無常翻滾之後，對於《紅樓夢》，已不再懷有少女情懷去體契，也不再有夢幻似的愛戀心情去面對，只是抽絲剝繭地想理解情節的發展，對於寶玉的乖張行徑也不再喜歡，對黛玉的尖酸冷對也不再同情，對寶釵的通識大體也無所感覺，對於各位服侍主子的襲人、晴雯、雪雁、紫鵑、平兒等人，也不再有同理心了，何以如此呢？為何會有如此變化呢？重新展讀，不再覺得這是一本曠世鉅作，也不再覺得有何精采之處，似乎，是隨著人世的歷練與翻轉之後，觀看的角度不再有兒女之心情，也不再對寶玉風流的行為有所契會，直覺如此紈褲子弟如何擔待得了這麼多的女子情愛，如何了結神瑛侍者無才補天的懊惱傷懷抱呢？真真不喜歡這麼露骨的張揚著男女之私情，張羅著情欲的高漲，不喜歡這麼淺顯的情愛表露，不喜歡，真的不喜歡。但是，卻不能否認這本《紅樓夢》已承載了多了文人士子的關注，多少文創商業機制的翻滾了。一部《紅樓夢》，不僅是電影、電視劇、歌曲演繹，以及商業製品的出品，甚至開口閉口不能談《紅樓夢》，似乎不是個中人士，這種火紅的情形在大陸如火如荼的開展，而台灣原本號稱文化傳統的最後淨土，而今，顯少談紅學，亦少有《紅樓夢》的文創商機呢！

重新展讀《紅樓夢》，對我，究竟是修煉的歷程，抑是淨化的過程？

二〇一八年四月二日

劉姥姥的縮影

永遠記得劉姥姥的一段故事。

貧寒無以為生，只好靦著臉，帶著板兒上大觀園求助。

對大觀園家大財大的家族而言，一個小小鄉下的老太婆何足掛齒，對鳳辣子而言，這個搭不上邊的遠親，可以不必理會。

不過，熟於人情世故的劉姥姥的確讓老祖宗及大觀園的眾家姐妹們認識了她鍊達世故的暢意達情。

臨走前，鳳姐給她二十兩銀。二十兩，對榮國府而言，是小小數字，對劉姥姥而言，是翻身的本，感恩感激，自不在話下。

多年之後，榮國府敗頹，鳳姐的女兒巧姐，幸有劉姥姥之庇佑，得免入狼舅之手。這就是修福，鳳姐偶施小惠，居然會救了日後的女兒。

人生，沒有永遠的高、永遠的低，平時施惠，平時種福田，不管是不是自己豐收，都是一種福緣深植。

劉姥姥的故事激發為善不在當下享有，亦不在眼前施報，有些福田是日後的。且記且記。

二〇一八年八月三日

甄英蓮、真應憐

《紅樓夢》中的甄士隱，因家遭變故，勘破紅塵出家為僧。其中，也曾出現欲點破賈雨村的紅塵迷夢，惜賈雨村未悟。到了最終一百二十回時，二人又重相逢，賈雨村在經歷過仕宦榮貴貶赦大起大落之後，才能了悟浮生若夢。《紅樓夢》藉由此二人：賈雨村、甄士隱做穿針引線的線索，其實是暗喻「假雨村言與真事隱」的寓意。人生，就是如此，真為假時假為真，沒有永遠的真，也沒有永遠的假。真實果真是真實？虛假果真是虛假嗎？沒有真，就沒有假；真假其實僅是一種相對論而已。

讀到最後一回，心中有點悵然，有點迷惘，有點不捨，也有點難過，這種心境是我們曾經真實的存有，也是最難排遣的心緒流轉。

甄士隱在最後一回對賈雨村說，要接引女兒甄英蓮回歸太虛幻境。甄英蓮就是「真應憐」的諧音。從五歲元宵節失散之後，過著顛沛流離的人生。後來，被薛蟠買做侍妾，不幸又遇到夏金桂、寶蟾二人的荼毒，沒有過好日子。後來，夏金桂死、寶蟾離去，薛蟠因罪遇赦歸來，才能有一丁點好日子過活，然而，又死於難產，最終是甄士隱接引回歸。

這樣的悲慘人生，真的是應驗了「真應憐」的生命圖景。而甄士隱在出家為僧之後，其實早早勘破了女兒一生的悲慘命運，卻又能奈何呢？人生的真實經歷還是本人必須去體驗歷劫的，不是任何人可以臂助的。人生，就是這樣，何其無奈，明知其如此，而莫能做一丁點兒的改變，只能看著她在紅塵中一段段悲慘遭遇的過程。

在大觀園中，雖然改名為香菱，卻也改變不了「真應憐」的生命本質。雖則如此，然而生命的底質裡卻仍然有大家閨秀的潛質存乎其中，喜歡做詩，是千金小姐的風範，因為流落紅塵，不能享有豪貴人家的教養，進了大觀園，才能有一丁點兒的書香世家的教養鉤連，這種鉤連形成了大觀園眾姐妹們吟詩作對的好對象。雖然學詩起步晚，卻也認真對仗，記韻部，形成她生命中的另一道美麗的風景，因為有了詩書的濡染，才能擺脫生命被制範的不幸。

一生如此悲慘，起起伏伏，似乎沒有過著好日子，看在悟道父親甄士隱的眼中又當如何呢？生命中最無奈的就是：愛莫能助。雖然愛憐女兒，卻也無力改變她一生悲慘的遭遇，這是最深最痛的觀看，也是最無可奈何的為父的心境體現，只能在她死亡後接引回歸證道。

而流轉在紅塵中的我們是否也是悟道者、覺知者眼中的歷劫人物呢？了悟、知道我們一生的悲運卻也莫能臂助。而在紅塵中的我們果真不知道浮生若夢？總是要想起王國維的：偶開天眼覷紅塵，可憐身是眼中人。我們不是不悟，不了覺，而是紅塵迷夢必是我們要親身經歷、體證的過程，才能真真實實的應劫活在紅塵俗世之中。這是命運給定的，也是必須經此一回歷劫，才能回歸的歷程。

面對女兒的真應憐，甄士隱有千種能耐也無法幫忙，這就是各自實踐命運的歷程。也在這樣的體認之下，感知命運的無可奈何而必須真實經歷。

二〇一九年一月十七日

《小丑》的悲哀

生存，究竟是歡樂或悲哀呢？

場景一拉開，是幾個比悲哀更悲哀的長笑。長笑可以當哭，這就是一種宣洩的方式，也是主角亞瑟不可迴避的一種病態的笑，不可遏止的笑。笑原本是一種快樂的表述方式，卻反而成為一種反諷，笑，是反宣洩，是生命底層無奈的反抗。

一生想以歡樂取笑於人的小丑，卻生活在病態的社會裡，終致成為社會邊緣人，反社會情結因為種種不順遂而堆疊到高峰，在地鐵槍殺無故欺凌自己的三個陌生人、悶死精神病的老母、槍殺惡意栽贓自己的同事藍道。

故事發生在高譚市，以高譚市命名，註定就是取自一個漫威虛構出來的美國城市，因為是虛構，可以大肆展演劇情，但是，虛構就真的是虛構乎？它有時是真實層的反射。

全市因為清潔人員的罷工，致垃圾充斥，髒亂浮現，人心浮動，處處充滿了商家歇業、老鼠橫行的情景。老鼠橫行，也是一種象徵，宵小之輩趁機興起，路旁的小混混就是這樣欺凌亞瑟。

在人心紛亂、社會失據的底層裡，要謀一職真不易，而以小丑為業的亞瑟，正在樂器行前以小丑裝扮逗樂大家，吸引顧客上門，詎料五個小毛頭搶了他的黃色招牌，將他誘至無人小巷痛毆，並且打壞他謀生的招牌。面對這種情景，無人可助，無人可訴，卻又被不理解的老闆解雇，同事藍道拿把槍給他，說是好老弟，必要時可以自衛。

回到家，面對中風不良於行的老母，每天只能以看電視自娛，他幫老母餵食，洗澡，老母說，信箱有無來信？回應無。老母常常寫信給韋恩，一位她三十年前的老闆，希望他能夠助母子好好生活。每一次回到家，老母都問一遍，有無來信。結果皆無。有一次，亞瑟私下打開母親寫給韋恩的信件，才知道自己是母親與韋恩的私生子。這個驚奇的發現，不禁質問母親，母親說與韋恩有簽下協定，不能對外公開，亞瑟想擺脫這個貧窮的生活，前往住在豪宅的韋恩要求協助，結果，韋恩說母親患有精神病，妄想病。亞瑟為了揭開這個事實，前往精神病院尋找三十年前的檔案，果真，母親領養孩子，二人皆被母親的男友凌虐，母親還曾被關住在精神病院。面對這種事實，又是一次從天堂掉進人間地獄裡。無法面對這個事實，回到病院親手悶死老母。

似是冷血的動作，其實是在發洩自己一生的悲劇是母親造成的，若非領養就不會過著這麼悲慘的生活，而且努力工作卻得不到別人的賞識。取悅別人的小丑工作，似是要帶給別人歡樂，而自己卻一直活在社會底層裡過著悲慘的生活。母親叫他「快樂」是真心希望他快樂，但是他的人生註定是一個悲劇。一個向社會心理咨商師不斷地傾訴自己悲苦的遭遇卻一直沒有被重視，被理解，被傾聽，原來諮咨師自己也在面對自己生命困境，因為預算裁減，即將撤掉部門無法工作，同是天涯淪落人，無法相濡以沫，只能各自在自己的水域裡抓住可以活下去的浮木繼續過活。

以小丑的面容槍殺了三位陌生欺凌他的地鐵旅客，因這個案作，興發整個城市底層市民反富、仇富的情結，紛紛扮演小丑出來抗議，整個社會因此更是雪上加霜。

接受名主持人莫瑞邀請，亞瑟上電視分享一則笑話，並且要主持人以小丑的名字稱呼他，不用真名，似乎在預示真真假假人生，小丑也許才是最真實的稱呼。講述笑話時，積存於心的憤怒與不可遏止的是主持人對他的取笑，連線直播，直接槍殺莫瑞，暴動，動亂，不靖，襲警，群眾們將小丑視為英雄人物，整個街頭是個失控的暴動情景，而大家卻很清楚的擁戴亞瑟為當今英雄，可以直接抗衡韋恩所代表的權貴及勢力。當參選市長的韋恩被失控民眾槍殺時，似乎在告訴大家，不了解群眾所需所求及憤怒的候選人，不足以擔任市長。

最後，亞瑟背影走出一條血印的路，每一步皆是清楚的血印，象徵生命中每一寸每一縷皆是辛苦經營的過程，不被理解的悲怨與辛苦，皆是血痕堆積而成的。

一生以取悅他人為職志的小丑，無法改變自己悲怨的人生，在社會底層努力生活也無法贏得他人的肯定，反社會情結由是而生。而他代表的也僅是部分人的心理、心情，更多沒有被寫出來的悲苦群眾可能更多，這也就是美國常有槍殺無辜民眾、學生的事故發生之所由，反社會情結、底層悲怨情結冰凍三尺，非一日之寒，日積月累形成社會問題積存，一旦潰堤，即崩落陷塌，無可挽回。

故事雖然寓寄在高譚市，一個動漫虛構出來的城市，卻真實反映出社會的不公不平。生活在底層小人物想翻身無力，而在上層社會的權勢者卻又高高在上，中間鴻溝，形成仇視、敵對自是無可避免。悲怨、悲劇由是而生。比哭還痛的笑，真的刺傷心靈。

二〇一九年十月十一日

《螢火蟲之墓》

生命中的感傷，無人可替，只能勇敢地迎向前去面對。

早年有部電影：《螢火蟲之墓》，日本動畫，聽說是悲劇，面對悲劇特有感受，不想、也不要直接去看，卻因為近日導演高畑勳往生，電視台為影迷們重播這部電影，讓我不小心轉台看到了後半段。

劇情描寫日本在第二次大戰時期，顛沛流離的歲月裡，一位十四歲的小男孩與四歲妹妹節子在艱難的戰亂中共同扶持生活的片段，沒有父母，憑著父親的一張照片，讓他期待著戰爭勝利可以重相逢。俊朗帥氣的照片，成為點燃生命力量的火種。我看到的場景是從一群小孩子誤闖二人生活的地方，一個防空洞及洞前簡單的飲饌器具。透過這群小孩子的眼中，看到了不忍卒睹的生活場景，簡單的豆渣湯水，簡陋的生活場景，加上小小的盪千秋，讓他們知道有人居住在此，而看到了小小的娃娃及小孩遊戲的小物件，讓他們確認不僅有人居此，而且應是有小孩的，盪千秋，標幟了孩子慣有的遊戲方式，且是不失童心的存在著，在困苦之中，仍要有歡樂。

哥哥為了營生，到處偷拔菜園的菜，只為了妹妹的溫飽，被毒打，甚至送到警局，忍著身體髮膚的傷痛，仍然堅強，當他和妹妹淚眼相對時，面對無情的生活仍然如此的無奈與無助，只能流淚。

後來，妹妹因為營養不良而拉肚子，肚痛，哥哥只好將剩餘的三千多元提領出來，買些營養補給品讓妹妹吃，卻沒有想到，妹妹吃了一口甜美的西瓜之後，眼睛再也沒有睜開了。

很令人感傷的畫面是哥哥必須親自處理妹妹的後事，以火燒屍，火燼滿天飛舞，飛機星星點點的戰火，加上住在防空洞的螢火蟲熒熒閃爍，未辨何者是真，何者是假，人生的悲感盡在於斯，喚不回的生命，從此只能獨自一人活著，一個人獨活場景很令人感傷的，螢幕就停格在兄妹相擁的燦燦煌煌的螢火光之中。

看到這幕，眼眶盈淚，很催淚的劇情，卻是戰火流離之下，不得不面對的死傷離別。不管是營養不良而亡，或是躲避戰火而亡，或是病痛而亡，這些，都是人生不可逃避的困難、傷痛，必須得真實去承擔與接受，更需要勇氣去面對未來孑孑獨行的生活。

死亡，對於節子而言，是擺脫了生存的悲苦與感傷，卻讓更多的痛苦留給哥哥去承受，什麼樣的力量才能重新面對人生？可惜，看到了哥哥也因為戰亂而死於非命之中，雖然動畫沒有這一幕，卻讓人看到更幽傷的戰爭草菅人命，無常與非命，流轉在人世間，只能讓感傷更深沈的埋藏在心底，不能揚渡、不能啟航，只能讓清淚一點一滴地滌清心底的悲哀與感傷。

二〇一八年四月十五日

美人沒美命

為了介紹歌仔戲給學生看，不經意看到《今夜不流淚》節目訪談幾位歌仔戲演員。也看到另外一個訪談節目，訪問李如麟。這些陪伴著我成長的伶人，讓我好奇的想知道他們生命的故事。

李如麟，一位扮相俊俏的女伶，專扮小生。曾經紅遍大江南北，我都還記得她當紅時，還演過一齣連戲劇《大樹下》。她說，家境清苦，二歲時被送養到養母家，養母把她送到劇團學歌仔戲，小小的年紀為了吃滷蛋，在空中吊著踩單車四十分鐘，也不知淚與苦。吃滷蛋時，淚水，汗水，一起吞下。十七歲時，養母生重病。需要籌醫療費，她身旁不乏追求者，為了錢，她將第一次給一位男人，拿了五千元為養母治病，不料，第一次就意外懷孕，當時想墮胎，與男人的母親商量陪她去醫院，那個男人的母親說，人家說戲子無情，如果你有情，就把孩子生下來吧！為了這句話，她真的生下孩子，並且和男人結婚。可是婆婆對生下的女兒不是兒子很生氣，常常打她的下體，讓她很崩潰，而且男人暴力傾向，常打她。但是，男人知道不能打臉，因為臉是用來演戲的，是用來賺錢的。如果臉上有傷，大家便知道是丈夫施暴，所以丈夫皆有技巧的打她，在這樣的家庭吞忍十二年之後離婚，但是，對方不斷地在女兒面前說母親的壞話，以致於親子關係非常差。

從小缺乏親情溫暖的她，渴求一個溫暖的家庭，戀上一個導演在一起二十六年，一直未能給她任何的承諾，最後還是走離了這段不可能有結果的愛情。女生單方面需求愛情，渴求家庭，不斷地付出之後，得不到回報，早該回頭了。放下，才能海闊天空。心疼這麼一位扮相俊俏的小生，背後有這麼可憐悲慘的身世。最後，她放開自己，花了三百萬元出了一張唱片，將自己悲苦的身世，透過歌聲傳遞出來。看到工作人員在替她梳理頭髮時，訪談繼續進行，曾經如此萬人迷的小生，也禁不住歲月的催揉，紋路與滄桑同時流露的當下，讓人不禁疼惜這麼一位悲苦身世的歌仔戲女伶。

許秀年，曾經很傻的愛戀圈外人張姓男人，號稱養鰻老闆，對方很有技巧的和她談戀愛，目的是為了讓她揹負很多債務。年少不懂事，被騙簽了很多的本票，三十年之內皆不能有財產，否則皆會被處分。原來，她母親認為嫁給圈外人，可能會好命一點吧，所以很看好這個養鰻魚的男人，結果，到頭一場空，還揹負許多男人的債務。

狄玫，是狄鶯的二姐，也是一段悲情的愛情，與喜翔的婚姻終以離婚收場，為了兒女，二人時有聯絡，男人卻是花心，不能有責任的照顧女人與家庭。

林美照，也是離婚獨力撫養一對兒女，因為沒有訪談到她的婚姻對象，不知道因何離異，不過單親也能好好過日子，對兒女的照顧很用心，感覺她算是幾個女伶之中，較有氣質，也較有生活素養。看她的言談內容，真的，和一群同儕的女歌仔戲演員比起來，算是比較有涵養的。李如麟從小學戲，應沒有讀過什麼書，所以言談沒有辦法用優雅的言詞對話。

連明月，婚姻應可，但是，身體卻出狀況，曾罹腦瘤，壓迫視神經，開刀之後，能夠平安生活就好了，講話很實在，曾說，第一個五穀最重要的，對於第二個五穀不需求。

黃香蓮可能是遭遇最好的吧。也是出身歌仔戲世家，曾經紅遍整個台灣。最後嫁給中央研究院的院士。男人是二春，因為母親喜歡看黃香蓮的歌仔戲，經人撮合締結連理，幸福美滿。

看到這些伶人的生活遭遇，真的悲憫她們，人前光鮮亮麗，演盡歷史人物的愛恨情仇，到頭來，最不堪的是自己親身經歷的愛恨情仇，讓他們的人生活得如此悲苦，如此辛苦，如此無奈，卻仍得在生活中打理生命的光彩。李如麟說，她想開了，應有六十歲的她，想開了，但是生活仍是生活，她要如何開源節流，去過自己的生活呢？

想著台語有一句：美人無美命。真的，這一群長相、扮相絕美的女人，真的都沒有好命。令人歔吁。

二〇一八年三月十九日

生命的軌道

《哈利波特》完結篇：死神的聖物，最後一幕是十九年後，成長後的哈利波特、妙麗、榮恩帶著自己大約六七歲的小孩子，來到九又四分之三月台送他們登上往魔法學校的火車。彷彿之間，又回到他們小時候初來乍到，也是充滿著興奮與害怕的年紀搭上了火車。

十九年，人生有多少個十九年，而歲月翻轉之後，跟著軌道前進的不僅是人的生老病死，也是所有人的故事再旋轉一次，再一次次的走過前人走過的路，只是沿途的風景也許不同，只是知遇的人也許不同，讓人生的這個故事一而再，再而三的翻演的過程中，小的變大，大的變老，老得變朽，朽的走向回歸死亡的一途了。

看著無盡翻轉的歲月與故事，看著無盡輪迴的人事物與劇情，悲歡離合，成長世故，老朽死亡，皆是不可逃遁的迴轉再轉迴，我們也在輪迴之中不斷地接演著大同小異的故事，如何寬宏霸氣的面對與接受，如何真實不畏的面對，是人生最需要學習的勇氣。

二〇一九年四月一日

熱心與服務熱誠

未知何時認識賴貴三學長。

印象深刻的是，在考選部閱卷，閒聊，談到黃慶萱老師，之後，他帶我到黃老師家，也參與黃老師的八十慶生聚會，感謝他，讓我和黃老師以及一些師大畢業的學長學妹們重逢與重聚。

這次，到歐洲參加漢學會議，學長也和我們同遊同行十二日，全程參與。

他是位熱誠的人，目前在比利時魯汶大學訪學一年。在歐洲告訴我們許多注意事項，走到任何一個國家，任何一個地方皆能為我們導覽，為我們認念德文、荷語，以及標示與中文、英文之異同。真感謝他一路陪我們走過許多市街，帶領我們認識許多建物與教堂。

熱誠之外，也是虔誠有禮的人，告訴我們該注意的事項，看著他穿梭在市街之中的身影，感受他的熱心與智慧。

他的學術成就有目共睹，認真負責也有目有共睹，能玩能寫文章，更是一項令人無法追企的成就，那就是隨時就能吟詩成誦，篇篇精采，自嘆弗如。

二〇一七年八月二日

煙塵

九月二十五日，中秋連假三日，到台北和丁林二家家族聚會，也和北市商高中同學敘舊。三十八年未見的洪秋菊導師也出席在座。

老師依舊活潑如當年，口齒清晰，思路敏捷，和我們完全沒有代溝，大家笑談晏晏，彷彿昔日年華再現，已是知天命之年的我們，更是兒女成群的我們，和導師閒道這些年來大家的生活近況。

當然了，和老師三十多年未見。當年，青春年少，而今已垂垂老矣的我們，很好奇的問老師，您還記得我們每一個人嗎？我這樣問，是因為自己也教了數十年的書，見過無數的學生，還能記得誰是誰嗎？

她說，當然記得，因為三年導師，每週都要改週記，改了三年的週記對於每個人的家庭生活、個人情性瞭若指掌，而且我們是她第二屆的學生，所以印象特別深刻。她還說，我的容貌形體完全沒有變，還是那麼嬌小，只是個性變活潑了。是的，以前在大眾場合，我總是很靦腆的站在一旁，靜默不語，而今，拍照時，我不僅會發號施令要大家擺出各種POSE，而且自己也很愉悅地享受拍照的快樂，教大家用最美的姿勢留下歲月的痕跡。

同時，我也知道雖然教過很多學生，但是，前幾屆教的學生永遠像烙印一樣也嵌在腦海裡，例如第一年出來代課教書，永遠忘不了草漯的學生，那麼淳樸活潑，沒有心機的單純。記得，在誠正國中教的導師班的學生，召開安親會時和家長的溝通；記得，南山高中的大男生們的青春模樣。當然了，也會記得靜宜的學生，第一屆導師班，迄今還有同學與我聯絡，那是我第一次踏上大學的講台，也嘗試和青春的年輕人當朋友，享受他們的青春，也享受為人師表、作育英才的快樂。記得，在中興特殊的孩子們，交換生，本地生，共織成圖像一一印刻難忘。雖然年歲漸長，歲月的齒輪不斷地輪動著，但是，忘不了的青春記憶，永遠鐫刻在心版上。忘不了的學生容貌，永遠如花開花謝一般的輪替著歲月的軌道遞嬗更迭。

座中的同學們，大家從事各行各業，各有成就。有工作二十年在三十八歲就退休的大林；有在日本經營房地產的麗玲，現在已是日本台商的理事長；還有在安親班任教的美娜；有很長會計資歷經驗的芬鈴；有享受小兒子學小提琴成就的文姬，並且在學校擔任志工媽媽；有在合庫工作的淑美；有家境良好貴婦般的麗娟。每一個人，走到了知天命之年了，似乎回首前塵往事，如夢如幻，而坐在眼前的我們，又似乎將時光倒回到年少不羈的狂狷。

不知怎麼的，聊到國文老師，大家鉤勒，卻不完整，我立即說，我來，我最清楚了。一年級的國文老師是朱碧君，同班同學之中的鐘富美是她教過的小學學生，很有緣份，在高中又續師生之緣。後來她生產，由林志飛代課，林老師是個很帥氣的女老師，永遠穿牛仔褲的國文老師，教我們詩歌吟唱，迄今，我能吟唱的，也都是那時侯學的。二年級的國文老師，我們起個綽號是小瓜呆，她的外型剛好和當時的布偶戲主角很像，所以叫小瓜呆。也是女老師，我忘了她的名字，當年是她念我的作文給同學聽，鼓勵我讀中文系。第三位是唐盛媛，年紀頗大，但是很慈祥和藹，我曾到她家中，在忠孝東路四段，很好的門牌，家裡很富有，她的房子，是我一輩子也賺不起的黃金地段。

老師很好奇我的學歷，大家也很想知道我的經歷，一位當過系主任的大學教授，真不像是北市商畢業的。

前塵如夢，真真如夢，我在座中，悠悠的講述自己的奮鬥過程，當然了，講到意興遄飛的時候，將座中的師友們當成了台下的學生，快意淋漓用短短時間展演自己的生命歷程，講述時，生命的場景一一如倒帶的電影螢幕，奇幻莫名的一一展示在眼前。

喜歡文學的我，畢業後，找工作不是很順利。早到，老闆說等通知，永遠等不到通知；晚到，說我們已經應聘好了。就這樣處處不順利。

後來以一個高商畢業的學生考大學，考上了淡江夜間部，對別人而言，是一個可有可無的學歷，五年，要整整念五年，我心想一定要完成學業，一定要努力。當高中同學們紛紛賺錢、結婚時，我還在原地裡念書，半工半讀，其中的艱辛不足為人道也。但是，我還是堅持自己的理想與夢想，不和別人比較，只追求自己想追求的夢想。

那些年裡做過代書助理，會計，編輯等工作，一直在思考什麼是我的人生，什麼工作才能讓我欣悅？似乎眼下這些工作無法滿足我的人生需求。

後來，學妹打電話給我，說有個機會到草漯代課，問我願不願意？當時正在出版社工作的我，雖然出版社很有理想，也很有出版的企圖心，但是，不耐每天校稿改稿而不是寫自己的文稿時，心裡一直反覆問自己，這是我的人生嗎？找不到人生方位的我，欣然前往。草漯位於很偏遠的觀音鄉的一個小鎮，我早早從台北搭乘第一班火車往中壢前進，和學妹會合，再一同搭乘一小時一班的公車到草漯國中。提早到達的我們，先和楊中柱校長交談晏晏，校長很喜歡我和學妹的熱情。二個代課缺，三個人抽籤，我沒有抽中，除了恭喜抽中的二人之外，心中難掩惆悵。校長問教務長，還有什麼缺可以用呢？他說，還有一個體育缺。不會吧，讓我教體育？一位抽中國文代課籤，刻在中央大學就讀研究所的男老師說，他願意教體育，將國文缺留給我。校長立即答應，也即刻簽發聘書給我們。

不知道這是不是翻轉人生的機會，但是我很願意好好把握。也欣然前往述職。

朝會之後，所有的教師、學生們在迅速回到教室了，我還杵在走廊上逡巡不已，身為一忠導師的我不敢踏進教室，久久，才鼓起勇氣踏進教室。站在講台上，看到學生期待的眼神，炯炯發光，才意識到這就是我的人生舞台了，喜歡站在講台上的感覺，喜歡看到學生專注學習的眼光，喜歡這一切。

當然了，草漯是個偏遠的地方，記得當年每週到校上課很周折。每週一凌晨五點半之前必須從南港搭乘計程車前往松山，松山才有高級對號列車前往中壢，搭上第一班火車到中壢，再轉公車到草漯國中，才能趕上週一早上的朝會時間，每週留校五天半，週六中午才又周折的返回台北。

因為年輕，因為喜歡，所以交通周折對我而言並不覺得辛苦，反而覺得很欣悅，可以和學生交心，可以和同仁們一起談心，一起準備考研究所。

也永遠記得家庭訪問時，身材嬌小的我和學生站在一起，家長總是在問，哪一位是老師？想投身教育的我，剛好遇到第一屆中等教育學分開放，同事幫我報名政大，後來我考上了，他沒有考上；同時，我也以榜首考上淡江研究所。此後，利用暑假一邊修教育學分班的課程，平日一邊在淡江讀碩班。

拿到教育學分證明之後，即刻到私立南山高中述職，一邊教書一邊完成碩士學位。教升學班並擔任導師的我，早上七點四十分之前到校，晚上八點二十分才能回到家中，為了完成碩論，常常不自覺地累到在電腦前打盹，但是，告訴自己，一定要撐過去。

完成學位，繼續在南山教書，私校管老師比管學生還嚴，且流動率大，不穩定的教學情境讓我興發準備考國中甄試。考上之後，立即到誠正國中任教，國中教書五年，第一年懷孕生育孩子，其後四年，繼續攻讀博士班。

一邊教書，一邊帶小孩，一邊修課寫論文的情形非常辛苦。白天時間給學生，晚上給孩子，半夜給論文。早上六點起床，將孩子交給婆婆帶，再前往南港誠正國中教書，歸來五六點，再餵小孩吃飯，帶小孩，累了一天了，沒有體力的我，早早在九點和孩子入睡。半夜一點多起床，讀書寫論文直到三點四點再睡回籠覺，六點再起床。告訴自己，一定要好好把握時間，辛苦的日子不要拖太久。以一個全職的國中老師，還要帶小孩，四年真的完成博士學位。在讀博士班的時侯，有一個機會到北市商教書，不過是夜間部，我思量很久，終於婉拒了。因為如果晚上教書，那麼誰幫我帶小孩呢？婆婆年事已高，不可能晚上幫我帶小孩，雖然白天無班，可以衝刺博士論文，但是，想想，小孩的成長很重要，還是要回歸到正常的軌道比較好。雖然在北市商夜間部教書對我的學術發展有絕對利多的加乘效果，但是，不能一心只想自己的成就，而不顧及整體家庭的結構。婉拒，對我也是很難的抉擇，不過，學會放下，才能讓自己更努力往前走。

離開國中到靜宜大學教書，要賠四年的公假就讀費用，也就是每週一天公假，乘以四年，共九萬多元，雖然我該教的書並無缺課，但是法律規定，我一定要照章賠款。心裡急想脫離國中，立即賠款走人。當時，國中教職一位難求，我要離職時，擔任甄試委員時，看到碩博班的學弟妹們來應考，真的心裡感觸很深。

到靜宜任教，職級最低，主要是因為民國八十六年和八十七年是一個界線，前者可以用副教授聘用，若是後者，必須用新規定以助理教授聘用。我在就讀博班時，很多師長已告知我了，但是，為了照顧小孩，我沒有出去兼課，所以是助理教授。告訴自己，一定要用努力爭取升等。三年半，我提出副教授升等。某位學妹剛好應聘到靜宜，她是以副教授聘進來，剛好我也升副教授了，這就是命運，讓我多走幾步奮鬥的路。

在靜宜，我還是在思考，如何續回公立教職的系統呢？不斷地寫論文發表，最狂一年寫了六篇，參加六場學術研討會，轉換學校也不是很順利的，台中教大，要我接行政，我沒有答應；暨南太遠了；還有中南部，我當然不肯去，五年半之後，才轉到中興大學任教，進了中興，職級是副教授，還是在想，如何可以升等，三年後，以二本專書，數篇期刊論文升等教授。

一路走來坎坎坷坷，但是，我還是很快樂的去做每一件事情。和大林不一樣，她八十九年退休，我八十七年才博班畢業，人生要奮鬥的路才要開啟呢！但是，我不羨慕她，因為這就是我的人生。

回首數十年來，幾乎就是一部追求理想的過程，一直想找到自己人生的舞台，作育英才，這就是人生舞台，不必外求了。

和師友們用短短幾分鐘展演自己數十年的奮鬥過程，回首，真的如夢如幻，而人生的年輪還是繼續的滾動。

和芬鈴、美娜在一起，真真回到年少相親相愛的情節裡。和她們在一起就是那麼的平和自然，沒有比較心，沒有是非心，真的很可貴的友情，讓我們可以從年少延續到現在。期待，人生的路，有她們一路相隨相伴更美好。讓我更珍惜可以相見相敘的時光裡盡情享受人生無壓力的釋放。

願我還能如初心一般，歡喜的交接每一顆可貴的學生心靈，也用喜悅之心站立講台上和學生們分享人生，傳道授業解惑。不僅要為經師，也要為人師。

如果人生真如一場煙塵過眼，也願意這一場煙塵是自己歡喜幻化而成的。

在別人眼中，也許這一場奮鬥，也不過如煙如塵過眼，但是，對我卻是札札實實的真實人生經歷。沒有風雨躲的過，沒有磨難不必受，努力迎向前去，讓自己成為一個有能量的人，讓自己可以因為講台而能有華麗舞台展演風華的歲月。

二〇一八年十月十九日

陪你，青春

陽光璀璨，和風清涼，獨坐研究室，體會清晨美好的時光。感念青春學子在這個美麗的校園學習，陪他們、她們，度過人生的青春，竟是一種美好的流風麗景。

想我的青春，誰人陪我？也是師長們一一在以知識餵養我們，用思古幽情的情韻給予我們滋養；也是一群青春朋友陪著我一同讀書、共學，一同享受青春的歲月，山陬海涯共遊共賞。人生，就是這樣，有著一段一段的朋友相陪，才能互享彼此的成長與生命。

週六和美娜、芬鈴一同喝下午茶，一同到耶誕城共遊，在星巴克聊天。青春的年少，有她們的相陪，度過一段青澀年月，而今半百之年了，再回首前塵，竟彷如昨日。當年一同唱民歌，一同遊賞植物園，一同度過生命中的青少年，而今，回顧前塵往事，真真如夢似幻，我們竟在歲月的流轉中度過了半百的年歲了。歲月不會再回來，青春的記憶卻永遠嵌記在心版上，永難忘懷。人生，竟是如許的輕描淡寫，如丹青筆墨的點染，渲染在生命的花園裡，也是如許的開綻芬芳的花顏。人生啊！這就是人生。有幾個可以談心的朋友就好了，在美好的歲月裡，有人陪著，總是一件幸福的事情。珍惜所有，珍惜當下，珍惜可以珍惜的人、事、物。點點滴滴，滴滴點點，留存心海。

二〇一八年十二月二十六日

心，是一口深井

心，是一口深井，不去汲引，如何知其淺深？不去投影，如何知其清澈？

某位學者浮屍二週才被發現，經過比對才知道是位甫退休的教授。為何投水自盡？幽憂子的感傷嗎？屈原的感憤嗎？

而他的妻子應是悲傷莫名吧！

他是位溫文儒雅的學者，做事中規中矩，擔任行政時，人政通和，凡事謙遜，以和為貴，是大家口中的良師益友。在台上對學生循循善誘，諄諄教誨；在台下，關心學生的課業及工作情形，是位經師，也是位人師。

他真是學界少見溫柔敦厚的學者，多次會議、口試、評鑑皆有機會請益，真是一位佝佝布衣君子。

死訊在群組出現時，已是二週之後了，令我很驚詫，也很抱歉竟然沒有跟上這波消息。

後來，到某校召開會議，才從其他朋友口中知道更確實的內容。其實在沙崙海邊浮屍二週之後才被發現打撈起來，並且經過齒骨比對，才知道是他。令人很感傷的是，前年他退休時，聽他的妻子說，有稍微的帕金森症，故而提早退休。我以為退休之後，就可以做自己想做的事情了。詎料，沒有多久，就聽聞投水自殺的消息了。

想起，多次和他對談公務，皆表現出氣象融融的神態，如今細細想起來，人的內心似乎像一口深井，無法目測有多少水，有多深。當他自己不言說表述時，別人是無法知道它的淺深的。而內心的幽微，也是外人無法探知的。做為外人的我們，又豈能知道他的生命究竟出現什麼樣的困難？遭遇什麼跨不過的關卡？什麼樣難以彌縫的傷痛，讓他必須用最決烈的方式結束生命。

在他往生的消息傳出來之後，有位朋友在ＦＢ上傳了一張我和他在會議中的照片，侃侃而談的笑臉浮現眼前，他還是溫文儒雅，而我則已然喪失了一位良師益友。

心，真的就是一口井，我們真的無法去目測、汲引。

二〇一九年十月十一日

如實自在

到台北瑞士續簽房租合約。緬甸人，先是男主人到台灣工作，租下我們這個小小的三房二廳的房子，後來帶兒子過來同住，後來也將女兒也接過來。女主人因為不習慣台灣的生活，二邊來來去去。

他們一住近二十年，最近一次的簽約是九十五年。距離現在已有十三年了，歲月如駛，令人驚嘆。

踏進他們租來的，產權屬於我的房子，整個人怔了一會。因為男主人的兒子也成年娶了太太，生了二個兒子，大兒子上小學了，小兒子大約二歲了。心中默算一家六口住在這個小小室內不到二十坪的房子裡。

當年，我們沒有搬進去住是因為房子太小了，雖然格局方正，也有三房二廳及雙衛，但是，坪數太小，覺得太擠了，而且移居新竹之後，這個房子自然是要租人的，凡是租我這個房子的人，皆有很好的發展，不是買房，就是高就，眼下的蘇先生也讓第二代在這個落地生根，並且生了第三代了。

民國一百年之後，我悽悽惶惶的想搬回台北，找房看屋不下百餘間，最後，仍然沒有下手，不是屋齡太舊，就是房價太高，不然就是地段不佳。而且也沒有將台北瑞士的房子收回，因為房子太小住不下，何況有十三櫃的書架，如何安置呢？對一個讀書人來說，有個可以讀書寫作的房子就好了，於是，遷延七八年仍然沒有在台北重新購買新屋。

看到小小的房子塞了六個人共同生活，物品皆堆積在靠牆二側，真的，令我咋舌。想到，安頓生命的方式就是如實自在的生活吧！空間小，全家人可以共同生活畢竟是幸福的。和樂融融，共同打拚，使我想起國中同學陳秀梅，全家從台南移居台北，租來的家很小，連廁所也沒有，父親以賣烤雞蛋糕為生，但是，還是將兒女皆扶養長大了，最後見到秀梅的時侯是我讀大學，她就讀淡江日文系，我是中文系，後來也就沒有往來了。與我們一起玩耍的還有江麗慧，她家經濟較佳，算我們同學中屬於有錢的人了。但是，不影響我們的交情。

一枝草一點露，只要努力，天無絕人之路。陳秀梅全家的打拚，和蘇先生緬甸移居新北打拚同樣是離鄉背景，因為這樣，我特別能理解那種辛苦奮鬥的過程。近二十年沒有調過房租，只要他們住的平平安安健健康康就好了。

蘇先生租屋之前，我們也曾經租過幾個房客，有單身，有全家，有台灣人，但是眼下的緬甸人，很知足的一直住在台北瑞士，主要是因為鄰近緬甸街，有家鄉的美食及同鄉人慰問，比較不會有孤寂的感受，同時也形成生活共同圈，聲氣相通，免除離鄉背井之思。短暫租房的房客住的年限不長，多則二三年，長則一年半載，為了避免一直換房客簽約的麻煩，我改變主意，以低房租讓房客可以長久住下來。以前，第一個房客收一萬二千元，蘇先生一直是以九千元承租，沒有調漲房價，他們不必為了房租煩惱，我們也不必為了簽約而頻頻從竹北到台北來處理這種事情。多個一千二千，對我們也許不算什麼，但是，對於出外的緬甸人，卻差很多，看他們願意長久住下去，我們也很樂見，二家人和平相處，用這種低價房租維持固定關係就好了。

常常希望有大房子可以放置過多的書籍，但是，看到小小不到二十坪的房子住了六個人，還真的感觸很深刻。什麼是大，什麼是小，心靈富庶就是最大的福氣了。

二〇一九年三月三十日

遇合

生命中的遇合，不是緣份不可得，不是福緣修不到。在學術界，原本是文學的我，逐漸向經學靠攏，何以如此？因為有林慶彰老師的團隊吸納一群年輕學者聚攏。我喜歡這種感覺，可以一起共事，完成志業。這一群朋友從年輕壯到老邁，看到歲月的流逝，也看到大家日益成熟穩健，甚至各自成就事業，各有專精。

到林老師家，成為一種默契，大家常會有事無事便相約去找老師，或聊學術，或會見學者，或和老師閒話聊天，總是滿滿的收穫。

一月二十六日大夥先到雙子星用膳，餐後一同前往老師家中小敘。十人將整個客廳簇擁的溫馨且飽滿，一家團團圍成一圈，聊台師大主編被告的訴訟案，談某人的自大不事事，談著談著，雖然皆與我無干，但是，我還是默默的在座中增加言談的熱度。

其實大家皆在學術忙碌之際，聽聽八卦，或是抒發壓力，或是宣洩情緒，或是互通有無，心裡，想著的是，如何反省自己，如何讓自己的研究能量會更好，這是我可以學習的。

在餐會的場合，我總是不忘記拍照，為生命留下印記，為生活留下姿彩，為遇合留下緣份，這是我特別珍惜的。而今，隨著年紀日益成長，整個人的想法也更深切了，來日無多，逝者日多，讓我更珍惜與長輩相處的機會，來日，點檢行囊，才能知道所有的聚會皆是因緣，所有的情份皆是福緣修來。

人生，能夠如何遇合可遇之人、可知之人？珍惜當下，無論是與什麼樣的人在一起皆然。

和經學界的朋友在一起，就可以一起參加經學的活動；和麗卿、秀美在一起就是情誼流宕，溫馨能量的包覆；和彰師朋友在一起就是享受同遊共樂的美好時光。人生，不能只有一種朋友，多元多樣的朋友豐富了我的生活，也讓生命有美麗的風光可以凝視。珍惜每一道人生風景，開窗開戶，皆是風景。

同時，我也知道，什麼樣的朋友值得長久交往，什麼樣的朋友可以增進學術能量，什麼樣的朋友可以鼓舞生命能量。不同的朋友分享了不同的生命點滴，也豐富了生命的志業。

二〇一八年一月二十七日

歡聚

一直惦記著元培一群好友。

以前常會在期中考、期末考下午，相約出遊、餐敘。我總像個愛哭愛跟路的小孩一般，跟著他們到處吃喝玩樂，新竹地區大大小小的餐食，皆是我們搜尋與留駐地方。歲月美好，享受青春快樂。

輕鬆自在時，大夥群聚，對聊元培的種種變革、人事、課程或是家庭裝潢、教養小孩等。有任務時，舉辦各種研討會、讀書會、編寫教材。

研討會舉辦過數屆，包括自然書寫、飲食書寫、主題書寫、旅遊書寫等。共同編寫教科書，有醫事教材，有飲食教材，旅遊教材等。

同事之間，沒有猜忌，只有合作，想將元培的通識中心拉提到一定的能見高度。雖非任職元培的我，自認為一直是元培的一份子，參與各種研討會、編寫教材，喜歡一群人共事的感覺，喜歡大家情誼融洽一起完成公共事務，交流溝通私人情誼，偶爾，也會輪流到各家餐食飲饌。廚藝雖不佳的我，非常喜歡邀約大家到家中小坐餐敘。

曾經，舉辦讀書會，是大家在飲饌之餘，可以凝聚知識力量的方式之一。常會在讀書會之後到附近享受美食，或是乾脆將讀書會的地點設在景區或是可賞風景的餐廳裡。更多的是，在元培的國學情境教室裡，拚桌圍坐在一起，對聊新讀的進度。

對讀的內容包括《朱子語類》、《符號學》、《詮釋學》、《四庫全書》讀書會等，前後相繼十年，讓這群夥伴的情誼凝聚，也讓知識的熱度加溫。除了元培諸位好友之外，也有遠從台北南下的張曉生、桃園的江衍良老師、中央的孫致文、台中的劉德明及賴欣陽，盛況時十四人。每次，印好講義，圍坐在仿古的明式大桌前，交流知識意見。

有時也邀請師長們蒞臨講學。任教清大的蔡英俊老師是我們最愛垂詢的師長之一，也曾邀請龔鵬程老師蒞臨主持與講評，給我們學問的知能，提供我們新的向度與視野。會後餐敘，對聊更多的內容，讓我們增長新知。我總像個小學生一樣，雖然在餐敘之中，也會拿著筆，記下老師們提供的新知與未知的知識。

和元培夥伴們，一起品茗喝咖啡，一起餐敘，一起參加研討會，共食共讀，共遊共聊，是最好的情誼。

從民國八十七年賃居新竹西門眷村之後，就和元培一夥人打成一片。前後近二十年的交情，看著大家成長與變化，各自順著流光走進歲月的軌道中。有的結婚自組家庭，有的懷孕生兒育女，更多的是，看著各家兒女成長，或是帶著兒女和我們參與各種活動，內灣，北埔，台三線沿路風景，湖口老街，南園、芎林的富林花園餐廳、陽明山的海芋之旅等。最難忘的是，選擇景區當作讀書會的地點時，怡人風景，往往為我們添增對聊的氣氛。尖石石上溫泉之旅的讀書會，在急凍的天氣中享受知識溫潤的熏陶；也曾驅車北上到木柵，杏花林開綻的料峭春寒中，在小小的古厝中舉行讀書會；到台中美術館舉行讀書會，享受舌尖的美食；到中壢的某花園餐廳，感受芳草阡陌與湖光夕陽；多次在金山街的仿古餐廳，我們展開讀書會時，賢賢就在臨池的水畔自玩自的吹直笛，追趕跑跳；到中央大學舉辦讀書會時，賢和若鏡一起玩耍，頗有兩小無猜的感覺。

流光苒苒，侵襲斑白鬢髮。

邀約大家再聚，情誼如昔。隨意對談生活近況，閒聊家中兒女成長、升學、工作；聊著元培的變化與因應少子化的對策。沒有機心，沒有比較心，談著談著，彷彿靜好的歲月將我們重新安頓在青春年少一般，仍然興奮的對談，不覺流景催人。二十年的交情，情深義重，在歲月的邊境裡，翻轉著華年青春，也飄盪著無盡的流思。

繁華過後的香塵流散，熱氣蒸騰的焗烤餘味淡煙，溫熱咖啡之後的幽寂冷清，喧聊之後的芭蕉心境，仍然各自回歸到流光的軌道之中。生活，再生活，而我們也僅能順著歲月的軌轍繼續流轉著愛恨愚痴、嗔愛顛迷。在滾滾紅塵之中，張揚著孑然身影，踽踽獨行在清冷的幽徑裡，品味著曾經有過的情誼與昇騰的熱情、熱心、熱膽。

但願人長久，千年共深誼。

二〇一八年二月二十六日

慈濟醫院

陪老爸到慈濟醫院看診。老爸是慈濟志工，到醫院看診熟門熟路的。他可以指著青草皮說，當年如何建造，如何植栽植物，誰又如何如何的，親自參與醫院的創造，他是心存歡喜。

走進醫院的感覺，與外面光燦燦炎夏、車水馬龍喧嚣真有天壤之別。寧靜的燈光氛圍，加上刻意打造木製地板的質感，沒有白色的色調，以及不用消毒水，大堂時有音樂聲傳出來，有時是鋼琴，有時是古箏，讓人感覺是溫馨的。在二樓批價處不遠處也有桌椅讓慈濟志工現場揮毫，寫書法、畫國畫和庶眾們結緣，所寫的文字多是靜思語的文句，充滿了喜樂與平和無爭。

二樓候診室，堂廡開朗，明式擺設的木製椅子，所有的候診者靜靜地觀看上方的燈號流轉，等候看診。候診者大多是老、衰、殘的老嫗、老翁，行動較不便，也見證了生老病死的人生課題。廳堂中有電視，電視播放著捐贈大體的儀式。似乎，有點唐突候診者，也似乎在預示人生終必一死的過程，如何選擇有意義的作為，是候診者可以學習的課題。看到候診者的高齡，又轉接到電視的棺木及大體捐贈，似乎很令人不捨，卻又是必須真實面對的人生。不知道這樣的場景一直輪播著，是否也刺激著候診者的心理。

走一趟慈濟，也在演練自己的存在與往生的課題。

二〇一八年六月十二日

霹靂洞主

當台灣在去中國化、在刪減高中教材文言文比率的同時，讓我看到更多不可思議的事情，說不可思議，完全是無功利之舉。

二三年前，前往馬來西亞參加國際學術會議，因緣認識了一位奇特的詩人張英傑，他是怡保霹靂洞的負責人，華裔。朋友開車帶我們參訪他的霹靂洞時，高倨在高台上有一方書桌，上面羅列了許多他書寫的詩詞，每天，每天，他鎮守在霹靂洞時，以填寫詩詞遣無聊之人生，也用詩詞來記錄個人生活或生命的感思。

這令我很好奇。才知道他喜歡寫詩，與台灣民間詩人時有往來，而且常常在十月，也就是國慶日前後，會到台灣走一趟，拜會台灣的民間詩人，進行詩友交流。去年十月份他到台灣來，也邀請我參加詩人雅宴。看到他，也帶了他曾寫給歐豪年的作品與他話舊。

在馬來西亞的他，每有新作，會用航空郵寄給我欣賞，自忖對古典詩詞雖喜歡，但是，創作偏少，只能純欣賞，而未能唱和酬酢。

我與他雖僅有數面之緣，但是，遠在馬來西亞的國度裏，還有華人以古典詩詞創作抒發感懷，實令人感佩。

馬華文學，是邊陲抑是中心？是離散抑是匯流？這完全是端視觀看的視角，在他的身上，看不到邊陲，他用書寫來彰顯存在的中心；他用書寫豁顯地域的重要性。書寫，就是存在的主體性，無所謂的中心與邊陲，無所謂的離散或匯流，只要願意，書寫傳世，便能翻轉地域的劣勢。

在南海之南，看到華人不斷地張揚中國文化的優點與優良傳統時，令人感嘆原有文化優勢的台灣，逐漸被政客操弄之後，變得四不像了。追美，趕日，逐韓皆無以顯現主體性，而去中之後，還能剩下什麼呢？不敢言中，不敢說中華，只願說台灣，不僅矮化自己優良傳統，而且也把文化的發言權拱手讓人，怎不令人感傷呢？甚至，之前還有愚蠢的人提倡拚音要用羅馬拚音，不用注音符號；提倡要改國幣的肖像，這些須耗資多少個億元？這些都是眼見為憑，卻不能說的幽暗心理在作祟，面對這種情形，如何讓人歡、讓人喜呢？如何平和的在這塊土地上自在的生活呢？余光中的未受褒揚，管中閔未能順利接受台灣校長之聘任，不皆是去中的鬼魅在作祟嗎？而生為文人的我們，敢怒不敢言，怕被貼上標籤之後，不能安身立命，這種民粹主導之下，夫復何言呢？

想著，在遙遠的南國之南，在異域異鄉，在非華人統治的政權之下，也面臨去華化的過程中，仍然有位華人，每天用中國文字書寫中國的詩詞，而且是一種自發性的，無利害關係的，純是個人志趣書寫，便讓人感佩。這樣無機心創作的詩人，在這個功利的社會之中，更顯得奇特與難能可貴。

二〇一八年三月二十日

美容院的人生縮影

鮮少進美容院，似乎到白髮如榛莽叢生時，才不得不踏進美容院進行整修一番。

老闆娘說，現代人壓力大，年紀輕輕就必須將白髮染黑。

一位女客人也說，自己的兒子三十一歲，在科技公司上班，也是很多白髮。

又一位女客人附和說，是啊，以前人，生活的自由自在，沒有什麼壓力，根本不時興染髮呢！

似乎，共同的感覺是：現代人壓力太大了。工作，家庭，兩頭燒，不白也難。

由於大家彼此不認識，可以隨意無忌憚的閒聊。

一位從嘉義到竹北開火雞肉店的老闆娘說，竹北餐飲業徵人真不易，現在年輕人不肯從事勞力工作，我一天到晚在徵人。

聊到另一位女客人的丈夫臥床多年，多勞她幫忙照顧。這就是情義，不離不棄。以前相親相愛，現在也要好好陪伴他度過晚年。看到這位老太太行走不便，從座椅走到洗髮檯皆步履蹣跚，看了很心疼，想攙扶她，亦無以為力。

我們皆會老，我們皆要面對體力衰退的晚年，如何不因此而感嘆人生？生老病死如此折磨，如此催人，難怪釋迦摩尼佛當年分從四個城門踏出時，遇見了生老病死四個人生大關口，遂悟道而出家，寧可捨棄太子的尊貴身分。這四個大關卡是無人可閃躲的，亦無可遁逃的，早一點體悟，是不是可以放下執念，放下人世間的一切追逐與磨難呢？生老病老仍然存在，只是心境平和清明，是否可以有更好的態度面對呢？

弘一和尚李叔同，從繁華的貴公子，捨離人間的名利，甘願順從律宗，刻苦自勵，其情可貴，其志堅強，真非常人可學。而我們還在人間歷劫，還在人間的名利情愛恩怨是非中追尋與迷失，是不是佛教可以捨離這些，而其他宗教呢？佛教教義安頓人心，縱有千般苦難，亦宛如歷劫，終能回歸證道。是真的如此嗎？如果不信這些，如何去相信人世間的輪迴，以及所有的苦難呢？唯有深信，才能讓自己生命安頓在無常的深淵之中，放下執念，釋放一切，如此一來，安定的力量讓人可以超越生死界域，可以如此清明的了知人世若夢若塵，亦能用清明的心境走離人世。

看得開，放得下，真的不容易。能夠六根清淨者，果真已證果位，方能如此釋然，而此生此世的我人，今朝今夕的我人，真能脫離走遁人世的果報與輪迴？就讓人生如夢如幻般的塵緣度過，才能有釋放的泰然與感知。不必理會他人睚眦必報的小恩怨，努力成就自己。花若盛開，蜂蝶自來；人若精采，天自安排。天若不安排，不必牽掛，亦能自在自得。

二〇一八年四月二十九日

第一眼女孩

光鮮亮麗的女孩，容易吸引人們的目光，無論在學校、職場、網路世界，甚至是陌路迎面相逢，在任何場合皆獨厚這些正妹。

在俱樂部運動時，有位年近四十未婚的男教練，教學算是認真，無論是飛輪課程或是有氧舞蹈、戰鬥有氧皆能帶動氣氛，炒熱現場。只是，每回在收操時，他會刻意下台來調整大家的姿勢是否正確。長得其貌不揚的我，居然發現，他每次調整的對象，皆是青春貌美的女子，像我這樣的女子，從來不曾正眼瞧一眼，甚至從來也不曾為我調整不正確的姿勢。這就是人生吧，長得花容月貌容易吸引別人的目光。

貌美的女子，屬於第一眼女孩，容易成為眾人的焦點。賢賢曾說，他們系上有位女孩，長得很漂亮，於是大家選她擔任班代，她也很善用自己的女性特質，呼喚指使男同學做事情，而追求者從來不間斷，週遭總是環繞一群男同學們任憑她使喚，男生自以為能被使喚就是一種榮耀，而追求者往往鎩羽而歸，從開學到期中考，共有六人陣亡了，但是追求者還是前撲後繼而來。大家皆知道她憑著貌美而喜歡利用男同學為她做事成為工具人，但是，男同學明明知道她在利用他們，卻也心甘情願意，而沾沾自喜。

賢賢還說，班上有位第二眼女孩，雖然第一眼不引人注目，但是與她交談，會發現她是位善良溫純的好女孩，很會替人設想，跟她在一起會覺得很自然，很快樂，與第一眼女孩的感覺有天壤之別。

這就是不同的女生給男生們不同的印象，雖然第一眼女孩很容易吸引眾人的目光，但是和她在一起便有壓力。

男人的眼光，注視的是內在還是外在呢？這讓我想到，紅拂女夜奔李靖的故事，如果紅拂女長得很愛國很安全，夜奔李靖，恐怕李靖嚇得屁滾尿流吧！如果卓文君不是長得美麗，恐怕司馬相如也不會琴挑文君吧。畢竟第一印象很重要。但是第二眼女孩，就是要用內在質地吸引人，在這個注重外貌的人世裡，誰是您四眼相望的對象呢！而相貌平凡的第二眼女孩們，應該努力的爭取自己的幸福吧！

二〇一三年一月十三日

相逢必定相識

住家附近的斗星宮進行一年一度的土地公聖誕祭典儀式及酬神戲演出。為了張羅拜拜的供品，昨夜先偕賢到便利店採買一些餅乾類供品，今天一大早又到市場採買水果。

九點到斗星宮拜拜，附近的居民們大家紛紛一同參與這盛大的祭典儀式。我們也在人潮中完成拜拜、捐款及品賞客家人特有的麻薯、炒麵、福菜湯、蘿蔔湯，這些食品，皆是大家發心捐贈提供，也有一群熱心的居民充當義工，幫大家打菜，張羅飲食。

父母遠從台北來新竹，下午再偕他們到斗星宮拜拜，看野台戲，突然，看到一位男士坐在椅子上端正的看著歌仔戲。我從旁經過，才發現是以前喜憨兒店中的服務員。他也認出我了，直向我笑著打招呼，並且主動伸手向我要握手，我也立即回應握手。

經過了這些年，大約十餘年了吧，年輕的少年，也成為強壯的男人了，唇上有髭，象徵著歲月走過的痕跡，以前他騎單車上班下班的模樣浮現眼前，而今，看他端坐在椅上欣賞著野台戲。

想不到，我們還能相逢，相逢也還相識。

喜憨兒，是上天派來的天使，沒有機心，做事認真執著，他真真很執著於認識我這件事。為何會認識我呢？當年在光明六路上開了一家喜憨兒的餐廳，便宜好吃，我們全家常常光顧。後來改為麵包經營型態之後，我還是常常去買麵包，這一群可愛的喜憨兒努力認真工作的情形，是我寓目而了然於心。

這位不知名姓的喜憨兒就是這樣認識的，而且他下班常會騎單車經過我住的社區大樓，若是不期而遇時，我往往會報以頷首微笑，他也會回報我單車的叮噹慢速及微笑。

後來，麵包店也收掉了，從此再也沒有看到他了，想不到，今天居然又出現在斗星宮前，諒必他也住在附近吧，因為土地公是在地神祇。

相逢必定會相識，這是我對喜憨兒的體認。經過這麼多年了，他真的還認得我，而我也一樣的認出他來。人生的緣份就是當遇則遇，當識則識。

二〇一八年三月十七日

生命中的遇合

每一個人皆有所遇、有所合。在人生的路途中，開展不一樣的遇合人生，而這些遇合，也許是阻力的來源、也許是前進的動力、也許是溫馨的對談、也許是悸動的啟動，不一而足，如何欣然遇其所遇，安其所安呢？因為人的特質不同，處世的態度亦迥然有別，形成不同的對治方式。

A，重新再聽她講述生平的故事，五月大的時侯喪母；十一歲，小學五年級時喪父，由阿嬤撫養長大，二十歲時阿嬤往生。這些不平凡、不快樂的童年，造成她對夫家的孝順，謙卑，工作忙碌之餘，父子皆無法幫她消解廚房的庶務，而且妯娌皆來家中共炊，讓她更必須接受這些事實，所以一直想買房，脫離這個共炊的劣境，但是，房價太高了，看了無數房子仍然買不起，就像我看台北的房子一樣，買不起，只能回歸到自足自樂的轉境之中，不樂復何如呢？

她說起觀落陰之事，超神奇，也是我從未聽聞的事情。有人可以感應下地府看自己的元神及生命花園。女子為花，男子為樹，可為元神供米，供水，供柴，花好為命好健康，花萎表示生命遭遇困挫或生病了，這些，皆是神奇窅渺之事，我無知無聞，都是從她哪兒知道。再則，還說戴老師得到三官大帝的幫忙，能通靈，能被附身看到一些未曾經歷親聞之事，也是神奇，例如其弟之養小三欲離婚，未說，卻被大帝猜中。真的，神祕不測之事，真不是我們這種凡夫俗子可以知道的。

A工作太忙，無法運動，可能，跟自己的決心有關，如果真願意運動，就應該空下某個時段去運動，而不是讓自己一直處在向世界俱樂部請假的情形。米蘭老闆就懂得休息，預約制。不過可能也和經濟負荷有關吧！沒有房租的壓力，就沒有時間壓力，對A來說，房租的壓力，必須努力工作，這是別人都無法幫忙的，無法買房，只能轉境，活在當下，讓自己活快樂一點吧！

再說B，一個人因父母亡故，曾經哭了十年，沈浸在悲傷之中，這些痛苦，還是因為宗教：密宗而解脫。知道她能感應，也能預示未來，這個神祕區塊真不是我所見聞者。但是，她一直走不出被某同學批評影響的過程，因為寫邊塞詩，只有蒐集資料，沒有論述，看不到自己的缺點，還認為別人為何沒有讀她的作品竟然可以批評她呢？哎，有些能力是無法言說的，就像她的預見能力一樣。這學期，她沒有修我的課，也沒有和我聯絡，知道她一定誤會我對某同學好，對她不公平，但是，我沒有分別心，而是他們的能力有高下，曾經一起共食共話的週三晚上的時光已不再了，不知道她心裡在想什麼？走過人生大半輩子了，還有什麼放不下呢？為何讓自己不快樂呢？我也曾想，如何恢復這份師生情誼。關心她，打電話，她不回應，我已盡力了，夫復何求呢？放下這些事情，讓自己更自在一點，更有能量前進吧！

再說C，房貸也是她必須承負的重擔，好好努力工作才能付房貸，五百多萬元的房子，可能要承負一陣子才能還清吧，回歸讀書自然是不可能的。

D，不知道沈淪在教書及愛情之中，還有餘力心思想寫論文嗎？沈淪了二年了，還不見回頭寫論文，可能又要熬到最後一年才來拚命吧！宿命吧。個性如此，是別人無法幫忙的。也可能這個學位對她可有可無，不是當務之急，人生，也許還有更重要的事情等她去張羅呢！

再說E，面對女兒，面對經濟，似乎寫論文也不是當務之急了，也許，博士學位不是她可以改變人生的籌碼，所以不急著寫，也不一定要完成這個學位，人生，總是要掂掂斤兩，什麼才是人生最重要的，如此才能迎向前去追求。

F也是，因為身體不好，一直在看診，寫論文也不是當務之急，無法影響她，只能祝福她保健保安康即可。

G，日前對我說，一個月的房貸對她是很大的負擔，希望四年之後退休，還能參加國寫的閱卷，五天五萬六千元，真的不是小數字，對有些人來說，錢很重要。對很多人來說，理想很重要。而我呢？寂寥一人，只能用書寫來治療生命的創傷，人生，總有許多不想讓人知道，不想言說的故事，只能沈澱在心裡，不想說，不想寫時，只能讓孤寂一直沈淪，一直擺盪在心裡，無人可知。

友情，重要；可是如何尋訪知音，深度不夠的，無法言說，不能體會。有時，覺得自己像孤高的仙子，不食人間煙火，不下人間，孤高不與人語；有時，又覺得太孤高了，必須放下身段，下到人間，到最熱鬧的市集走一遭，才知道生命是貼在人群之中，貼在庶眾之中的。

人生遇合，遇所遇，合所合，不能勉強，也強求不得。只能隨遇而安，而在隨遇之中，仍然要以追求事功理想為要。

活了大半輩子，應該樂所樂，歡所歡，不該無歡、無喜、無所謂的過著麻木行屍的日子，讓自己可以歡所歡，樂所樂吧！

二〇一九年二月二十六日

複製

A對我說，很懶得到世界運動俱樂部運動，我聽了有點呆住了。

以前，她說，女兒和同學到運動俱樂部參觀，被遊說簽了二年約。在簽約之前，A就告訴女兒說，妳不是一個有恆心的人，也不喜歡運動，要好好想想是否要簽約喔！

女兒不聽勸，簽了二年約，剛開始和同學一同去運動，後來，教練招攬一對一課程，常常打電話勸進，或是在健身時推銷課程，讓她不勝其擾，變得不愛去運動。後來，工作轉移到台北，乾脆將合約轉給媽媽。

A經過幾個手續之後，順利成為會員。第一次，週四，我從台中北上，帶她去運動，並且認識器材。那天，我超累的，早上下午忙了一些課程之後，晚上還是挺著精神八九點到健身房去，A似乎很興奮逛遍整個場區，也非常喜歡各種新穎的器材。我告訴她，我喜歡上團課，不喜歡對著生冷的機器運動，並且教她，若有推銷教練課程，直接拒絕即可，不要再哈拉，否則對方又有機可趁。其實，我也反感推銷一對一課程，只要一打電話進來，我立即掛掉，或則說，我只上團課來拒絕。

和A幾次上健身房運動，因為我們兩人的喜好不同，她喜歡對著跑步機運動，我喜歡團課，瑜伽，有氧，戰鬥有氧，瑜伽球，只要可以合的時間，我皆會上課。這樣，一小時課程，可以因為共課有耐心而不會偷懶，而且也因為上班上課的關係，可以選擇的課程有限，通常是有什麼課，我就上什麼，只要時間符合我的需求即可。

團課，可以很HIGH，而且狂野的音樂可以讓人快樂，完完全全的沈浸在舞蹈律動之中，一小時，可以好好的練習有氧，激烈運動對我是必要的，可提升心肺功能。

A不喜歡團課，一來說跟不上節奏，二來有些舞起來很沒有FU，甚至瑜伽課有些動作也不適合她，所以常常是她練跑步機，我進教室上團課。

後來，我們因為時間無法配合，機動性不夠，再加上各玩各的，似乎沒有必要一同去運動了，所以，我還是習慣用自己的時間與方式去上團課。

近日，聽她說，不太想上健身房了，預計十一月合約期滿就停掉了。我很詫異，也尊重她的選擇，只是覺得，有點可惜。母與女的模式很像，似乎是複製的性格。

我呢？是否也複製了父母的性格，而賢又複製了我的性格呢？不得而知了，只有外人才能了然明白，自己身在其中，其實是無法知道自己是否是父母的複製版。不過，據賢說，烹飪的手法與阿嬤相同。是的，這就是了，複製，是無所遁形的。

二〇一八年四月十四日

曾經風華

王仁鈞老師的親家母顧媽媽已經是八十餘歲老邁之人了，我們曾經多次見面聚餐，笑談之間，看不到些許的豪氣，只是位老媼，一位和藹慈祥的老太婆了。聽聞曾是革命份子，也曾經有過一段風風火火的歲月，而今，歲月駐滿了容顏，讓人想像那種種過往的壯志逸氣。

住在達觀的某位女作家也八十餘歲了，獨居在山中，曾經是知名的作家，而今仍是著述不輟，只是少了當年的光環了。

陳曉林，曾經在中國時報寫過很多的專欄，包括「快活林」，也寫過武俠小說，是我年少時很景仰的一位作家，然而前年與他同桌共飯時，武俠光環不再，犀利的言辭也不再了。讓我面對一位曾經景慕作家時的心情似乎有點跌宕難以言說。

人皆會老，曾經多少風光的年少青壯情事，到頭來也不過是供人笑談的內容而已了，「古今多少事，都付笑談中」，或者是成為漁樵江渚閒話家常之資了。

人皆會老，如何在老來時，仍然有創作的活力，仍能有源頭活水灌注而下，仍然能有美好的青壯想法繼續往前邁進？怕的是體力不支，怕的是習慣於一成不變，那麼整個人就會由動物變成植物，再成為礦物了。

看到新聞報導大陸有老人相邀同住共同打理餘生，十三個人同住在一起，共食同住。原生家庭不同，脾性自然不同，要磨合自然不易，而且老人照顧老人，若缺乏醫療知識，那麼，可能衍生更多問題。

初老的我，已在擔心失智問題，擔心晚年的生活，因為退休之後的餘生，尚有十五到二十年之久，如何讓自己不成為「下流老人」，讓自己能夠維持生活的品質，是目前的我開始在思考的問題。經濟統計出餘生若有二十到二十五年，則需要八八〇萬元才足以應付餘生的醫療及生活。一個月基本開銷是二萬三千元，那麼就是目前年輕人打拚的薪水了。如何可以讓自己活得快樂自在，不會擔心餘錢不夠用，如何讓自己可以感受活著還有尊嚴不會為了金錢而愁眉苦臉呢？

喜歡旅遊的我，餘生尚能到處吃喝玩樂嗎？還能有體力玩嗎？還能有經濟基礎可以任意出國遊賞嗎？是否趁著年輕尚有體力能力時多玩一些？是否不要讓餘生後悔未曾遠遊？

不知因何，總是感傷年華易逝，感傷孤寂獨處，感傷餘生長久，如何消化這些感傷成為歡樂？如何讓自己可以活得健康自在呢？念前塵往事已如風銷蝕，而餘生正漫漫要啟航了。人生，還能奈何呢？還能如何翻轉呢？念此時，念此刻，念此生，念這輩子與榮華富貴絕緣，也與青春年少絕緣，那麼，可以如何讓自己更瀟灑自在的悠遊人間，讓自己可以更快樂的活著呢？雖然朋友不少，可以談心的朋友有限，而可以談心的朋友卻又未必能夠體會深沈的心情，像在幽谷之中無以被看見的幽花自開自放；像在孤獨的人世行旅，需要救贖，卻無以張揚人生的帆布啟航。

看見日本學者阿部泰記歡樂的遊走在台灣的市街，一位七十歲的日本老人，可以如此欣然欣悅的活在生命的浪潮之中，而我呢？何以如此不歡不樂呢？何以如此不能讓自己走出繭居的生命困境呢？每一次的書寫就是自我對話，也是自我療癒。人生，若只是如此，慢慢地活，而沒有任何的目的，應該會是行屍走肉。不要沒有目的活著，不要只為了營生而活。人生，除了物質生活之外，還有精神生活。希望不要像退休的人，只知道看電視，還是看電視。人生，還有志願與理想，還有很多的歡樂等待去追求，不要困進生活的繭居之中，讓自己風華。曾經風華，也是風華。不要讓老了以後，後悔未曾努力奮鬥過。

深知，自己是個非常需要生活得有目標有目的的人，不能像退休的人一樣，除了吃喝玩樂、看電視之外，還是吃喝玩樂、看電視。至少，有一點的事功，有一點點的書寫，才能讓生活有了支撐的力道。至少，一個人活著的時候，還能因為書寫，而能活得有一點點可以依賴的生命支柱。

人生，風華如何？不風華又如何？曾經風華展現生命之姿如何？未曾風華的活過一生又如何？到底還是要面對生老病死，面對風華褪盡之後的餘生。

二〇一九年一月二十三日

加工

電視播放不老女神潘迎紫的神態，三十六歲到台灣發展，演了《神雕俠侶》《一代女皇》《婆媳過招》等片，無論是古裝或現代扮相，皆有逆齡的感覺。尤其近年曾出席金馬獎，一席短紅洋裝，臉上看不到一點皺紋，令人驚呼六七十歲的人可以如此美豔如昔，歲月似乎無曾留下痕跡。

三十年前的趙雅芝與葉童演出白娘子與許仙，是經典的白蛇傳故事，三十年後再合體合唱《千年等一回》，似乎歲月也未留痕跡，凍齡，真令人羨慕，其實，身材的維持更難，因為隨著年紀大，代謝變慢了，如何吃，才不會讓身體變形，很艱困的考驗人的意志力呢！

網路又播放李連杰的蒼老樣貌，與他主演的黃飛鴻、令狐沖的帥氣有天壤之別，頭髮斑白，有點駝背，網友們有人為他喊冤抱不平，有人覺得他老的太快了。他的年紀與我相仿，想想自己，也不斷地在加工，三個月必須染一次頭髮，否則斑白的頭髮不讓人覺得蒼老也難。

是的，拜科技之賜，加工美女越來越多，打玻尿酸、肉毒桿菌、拉皮、埋線，應有盡有，這是臉部的保養。身體的有消脂、塑身等，每一個人無所不用其極的想保有年輕的狀態，可是，歲月還是照著走，人的年齡不可逆。除了飲食、運動、保養，最重要的是年輕的心境，常保青春的心境。外表的加工，是炫惑他人的眼目，只有心境的年輕，才能永保青春。

處在這個加工的社會裡，不僅食品加工，你吃了什麼加工品皆不知，而面容、身體的加工又不知凡幾。自然是美，但是不自然也是美，有年輕女子為容貌忍痛動刀，換自己更美好的人生。如果容貌真的可以改變人的運氣及一生，那麼小小的投資又算什麼呢？

投資自己，掌握未來。藝人讓自己有更多的能量可以張揚在人生的舞台上，那麼必要的修整門面，也是不可或缺的。連市井中的小小美容院的女老闆皆要打玻尿酸，那麼，站在舞台上的藝人，更需要張羅自己的門面呢！那一個不打呢？體重斤兩的嚴控、臉容的修飾，既是必要的美與善，又何妨讓自己活得更自在更有未來性呢？

在這個加工的時代裡，不加工難道不行嗎？加工一定是必要的惡嗎？讓自己自由自在的生活，讓自己無負擔的生活，是必要的善與美。

李連杰的蒼老，想必，整修一下即可。想著當年的劉曉慶深陷牢獄，整個人蒼老許多，復出之後，又立即整出美艷的容貌了。她的美，不僅是外表的，更是內心的堅強。陷入谷底的人，還能翻轉人生，真的不容易。人生，要學的就是這種堅毅的心理素質，讓人由衷的佩服，大凡能走上人生亮麗的舞台，皆有不忍人之毅力，是有值得學習。加工、不加工，反倒不是如此重要的。加工是外表的，不加工是內在的，兼有內外之美，才是王道。

二〇一八年五月二十二日

失落的愛

每回和駱洛見面，總可以感受她非常愛她的先生魏徹德，幾近於崇拜的神情去描述過往點點滴滴，包括他對數字的神算能力、記憶力超強、教學認真、勤奮學中文想完成學業等等。

看到駱洛的深情，讓我無限的感慨，心中的漣漪也不斷地擴大。

愛與被愛，從來就不是公平的，有人付出的多，有人付出的少；有人可以感受被愛，有人從來不能感受愛情；有人可以無私的奉獻，有人連一點點的付出皆吝嗇。

雖然魏徹德已往生五年了，但是他生前曾經感受妻子真誠真意的愛情嗎？他知道妻子如此崇拜地深愛著他，並且以他為榮嗎？

他在中興求學時，生活得非常的寒儉，過著「乞丐王子」般的生活。所謂「王子」是因為他有很好的家世背景，父母在美國的社經地位非常的高，應該可以過著很優渥的生活。但是他選擇出走，一個人獨身來台求學，讀中文，後來也陸續在大陸完成碩士學位，還曾到過其他國家教英文，邊教書邊讀書，後來再到台灣繼續修讀博士班學位，以六十多歲的年齡還來讀博士班，在當年真的很特別，與現在博班兩極化的樂齡退休者為多的景況真是不同。所謂的「乞丐」是指他過著非常簡樸的生活，一個人生活，賃居在某公寓的頂樓，每天騎著三、四十分鐘的單車從遙遠的住處到中興大學來讀書，常常看見他在電腦教室裡打論文，辛苦完成作業，書包裡常有一個黃色的便利雨衣，用來擋雨，並且包裹自己的書包，避免淋濕。吃、用簡樸，讓人非常有感於他的生活模式。

聽郭宜湘說，數十年來英文家教從不漲價，別人開價八百一千元，他永遠就是二三百元。沒有手機，和學生家長的聯絡就是電郵。他回覆的很頻繁，所以也不會感覺不便利。

駱珞深信他的丈夫非常地深愛她。當家屬第一時間抵達猝死的現場時，也就是唯一可以入內看遺體的是駱珞，經過五年了，她還可以很細節的描繪現場，書桌上有聖經及四個小玩偶拚成LOVE四個字，再來就是數箱與蔣筱珍合著的英文教材，堆滿了整個房間。

這些細節，是妻子終身難忘的，也見證妻子對他的真心。

可是，魏徹德生前知道嗎？知道妻子如此愛慕他，把他當成偶像般的崇拜？

這就是人生，不同的交接往來，意義自然有所不同。在駱珞的眼中，魏徹德是英雄，是偶像，可是，在本系看到的魏徹德，僅是一個美國在台修讀博士學位的學生，任誰也不會知道他曾經承載著那麼多的故事於一身，那麼多愛情於一身。

一個曾經被妻子深愛的人，他知道嗎？

在別人的眼中，他僅是路人甲、路人乙，卻是妻子眼中的瑰寶，這份深摯的愛情，他承受的起嗎？他能夠感受嗎？我一直以為他們之間不是很對等的愛情，中間出了什麼事，外人不知道。但我深知駱珞每次談到丈夫時，眼中有光，有火花，是一種真誠的愛情，一種無私的真愛，然而，魏徹德在生前，他能感知嗎？若能感知，何必過著如此清苦乞丐王子的生活呢？

這一份失落的愛情，沒有對等的回報，對駱珞來說，真心付出，無所謂回報了。而對魏徹德來說，無法感知的愛情，是否抱憾而終呢？

每回見到駱珞，她眼中的光芒皆因為曾經愛過魏徹德，不管生前或死後，這份愛情真的至死不渝。雖然駱珞已七十歲了，談到他，眼中的光芒，讓你會誤以為他還活著，他還在周邊。

也許，因為愛過，不管過去或未來，這就是駱珞可以活得昂然的理由。每回談到魏徹德，那種神情，真的很令人動容的。

愛情，愛到深處，可以無所求，不需要任何回報的。雖然魏徹德已往生五年了，但是駱珞仍然以做他的妻子為榮，也因為對他的真情，而能在每一次談到他時眼中散發光芒，一種純真的愛情光芒。

二〇一九年八月十一日

微妙關係

大學閱卷，早年是由大考中心發函徵詢閱卷意願，同意者，即可前往閱卷。後來，有了學測，由分組召集人自尋十二至十六位組員，徵詢後即參與閱卷。閱卷地點也凡經三次變革，先是在台大的綜合大樓，鄰近郵局及福利社，方便用餐。第二是鹿鳴堂附近的大考中心，印象中是地下室，感覺濕冷，然近鹿鳴堂用餐尚方便。第三次是在外語資源中心，主要是因為改為電腦閱卷之後，必須有電腦設備。這個地點較偏僻，但是，靠近後門，如果不嫌出入不便，可到一一八巷用餐。不過，閱卷中心也有訂餐服務，方便大家不必外出即可就近用餐。

早年的閱卷，只要自己願意即可參與閱卷，後改為學測（後來指考、國寫也如法炮製）之後，必須有分組召集人打電話徵詢方得閱卷，此時，想賺外快，必須有點人脈，如果沒有人脈，似乎不會被找。這就是一種矛盾，有人找，表示人際關係尚佳，但是不便拒絕，答應與否，真的是有點難為。如果沒有人找，又很想閱卷賺外快，則必須了解有哪些是分組召集人，請他將你納入組員即可。不過，這也是很難開口的事。

因為改為分組之後，召集人必須統領該組人員，了解進度、速度、正確率、出勤狀況，形成團隊，有的召集人會宴請同組人用餐，同組成員也會互相買食品饋贈，讓同組的氣氛更好。召集人同時也負責講解各題閱卷的評分標準。因為他是負責對上面溝通的管道。

改為電腦閱卷之後，冷冰冰的教室，不再有溫度了，每個人按表操課，少言少語，減少了閱卷討論評分標準的人情味，且在電腦室內不准飲食，要聊天、飲食，必須在甬道或大廳或樓上的休息室。

每次閱卷時，先開啟電腦金鑰，設定密碼，彌封上繳，然後進大會堂參加閱卷評分標準說明會，將各種可能的狀況釐清楚，再各自回分組的電腦教室進行閱卷。每回，先有試閱卷，約四十或二十份（視試題分配而定），檢視與標準差是否相合，級數在三個級數內即可通過。以前是九等第，今年改為六等第，初初有點不慣，久了也習慣了。

今年又新增一項，每天一早先有二份試閱卷，通過了，才能進行閱卷。有了這個緊身箍，大家皆恭敬如臨大敵，深怕未能通過。而且每天也限量六百二十份，不能超過，深怕有人速度太快草菅人命。聽說定出上限，是因為曾有人速度快到無以復加，從此那二位快手再也沒有出現閱卷了。

組長的行事風格，也影響著組員的動態。有的組長早到晚退，組員們也不敢稍加怠忽；有的組長較隨興，氣氛也較融洽。今年，我閱卷的教室兩位組長皆是嚴謹的人，使得氣氛有肅殺之氣，大家皆如臨大敵，也跟著早到晚退。而且因為今年試卷標準更易，較難閱卷，故而走廊上較少歡笑言談，常有人留到晚上七點半才離開呢！

每天我都會查看進度，檢視閱卷的標準差等項目是否達標，才能了解自己閱卷的情況。閱卷速度慢的人，自己必須控制速度，早到晚退自是必然的。速度快的人，也必須調整一下速度，不能超前太多。

今年因為標準改為六級，且內容較難，整個閱卷氣氛真的與往年的談笑風生大有不同。大家謹慎閱卷，期能達到公平公正，不負所託。同時，相處四五天之中，也讓同學、師友們重新敘舊、重溫舊情，也趁機和久未見面的老朋友寒暄問安，這是閱卷的另一所得。

二〇一八年二月二十二日

模範教師的危機

本系有位教師，為人謙和自牧，是位資深教師，教學認真，從不遲到早退，凡是有他擔任委員的會議，一定到場與會，提供建言。對待後進晚輩也是謙遜有禮，不會倚老賣老，所行所止皆中規中矩，是本系的模範教師。

常看他騎著腳踏車往來於教室與宿舍之間，一輛破腳踏車陪著他度過在中興教學的歲月，也騎著往來於學校與台中車站。家住板橋，課程排在週一到週三，週三中午課程一結束，馬上騎車到火車站轉回住家。他的生活非常的規律，聽他說，在家的時侯，每到黃昏會騎車到土城的承天禪寺參加晚課或拜懺，虔誠禮佛。找他非常容易，不是在家就是在學校，這個時代流行手機，他不用手機，只有家用室內電話。

幾年前，他有幾位指導的學生常要找老師，沒有手機聯絡，於是興發替老師辦了一支手機，讓老師移動時還能找到人。

不知何故，或是有什麼誤會，師母開始懷疑他手機來源與用途，一個我們眼中的模範老師從此陷入了妻子不信任的困境。

為何能夠感覺這種奇妙的不信任呢？原來是我擔任行政時，台綜大聯招轉學考試時，請他到成大閱卷，他很遲疑的說，不方便跑那麼遠，妻子不放心。輕描淡寫幾句話，便能夠聽出端倪了。從此，遠的、過夜的閱卷就再也不找他了。其實，以前的他，只要是公務一定戮力從公，可是，自從手機事件之後，再也不容易商請他做一些公共事務了，怕師母起了疑心。

去年我休假，未知事情發展如何？今年回來述職，發現師母寸步不離的追隨他身旁，不信任已經到了必須跟課的地步了，真是可憐呀！而且在電梯不期而遇碰到他們二位時，我會很歡喜的向師母和老師打招呼。結果，師母鐵寒著臉看著我，不言不語，沒有笑容，像是結了冰霜似的，令人不悅。此後，幾次碰到師母皆是冷漠以對，心想，又是怎麼了。於是，我也轉變不再熱絡的打招呼了，只是和她點點頭，不言不語了。因為，她可能把我當成假想敵吧！不必要招惹這種無辜的事情了。

身陷妻子不信任的暴風圈中，老師還是照常來去家與學校，只是妻子追隨著寸步不離。而且，如果中午有會議，他會多訂一個便當，讓師母在研究室吃，因為師母不便參加會議。

今天是文學院的導生會議，看到他與會。一點多鐘，我回研究室和學生談論文，結果學生告訴我，今天是最後一堂課了，大家為了感謝老師教導之恩，想和老師一起吃午餐，結果劉老師有會議未能參加，由一群研究生陪著師母去用餐。學生說，師母的情況很糟，一聽，便知道師母仍然不信任老師。他是本系的模範老師，結果竟然被自己的妻子懷疑，這種不信任的感覺連我們外人看了都覺得很不穩妥，陪著師母用餐的學生對我說，師母真的很糟，比想像中還糟。昨天本系系務會議，特別為榮退的老師獻花，致贈卡片，也拍大合照，這週是退休前最後一週了，從此，他便退休回到板橋了，但是，因為進修部還有一班《中國思想史》的課程需要他支援，他義不容辭的接下來了。也就是下學年度，為了晚上的《中國思想史》課程，必須再跑一趟台中來上課，三節課，下課時間也晚了，我囑咐他，搭計程車和高鐵吧，不要省錢了，下課時間太晚就早一點回去了，免得通勤太辛苦。

一生清廉、急公好義的他，居然在晚年還要面對生活了數十年妻子的懷疑，令人感嘆，究竟發生什麼事，讓他深陷不信任之中。

昨天中午，某位老師向我透露說，四月份時，師母更嚴重到睡不著，原來是某位指導的博士女生居然因為某個緣故刻意寄了一箱衛生棉給老師，價錢是九九九，代表長長久久的意思。到底是何人所寄，來處是某科技公司，轉輾打聽郵局終於問到寄的人居然是一位近年指導的女博生，刻在某校擔任專案，因為對方學校想了解這個女生的人品，打電話來問，結果，有二位老師皆覺得不甚佳，可能因為這個緣故讓她專案未能轉成專任，而將這股怨氣發在指導老師頭上，何以如此呢？她應該猜想是對方學校問了指導老師，讓她不能成功轉聘，於是將怨疑發出來。殊不知，她的指導老師並未被詢問，而是問了其他的同仁。他又因為這一箱衛生棉再陷入更深的風暴之中，不信任就是不信任。唉！感情這種事如此催殘人，只要有人刻意陷害，便永無寧日，永世不得脫身了，真是可憐呀！人生呀，問情是何物，教人如此不信任。

如果連模範老師皆深陷婚姻風暴之中，那麼還有誰可以信任，還有誰可以讓人永世超離這種不信任的疑雲之中呢？

二〇一八年六月二十七日

課題

週六到台北參加王邦雄老師壽宴，期待師友相見。去年沒有舉辦是因為C生病，今年狀況穩定，可以再辦，但是，大家可以出來聚會的時間經過多番調整，才確定是七月六日中午在彭家園聚會。

許久未見的師友，大家笑談晏晏，但是，每個人皆在面對自己的生命課題。在宴會中，袁保新老師談自己是家庭煮夫，到永和中興市場買菜，回來烹煮還要經過太太的叨念。而已婚的兒子帶媳婦回來吃飯，也要限期限量，怕太勞累。

王邦雄老師談自己不愛外食，只願在家吃清淡口味的食物。有次整修家裡，出去買便當，才知道買便當要排隊。

談運動，談飲食，談旅遊，大家隨意自在，但是，這回人太少了，感覺真的不夠熱鬧，雖然席開一桌，然而，很多食物只能打包，戰鬥力太小了，除了濕軟食物無法帶走的，全部讓師母帶回去。真的，為了健康，現代人無法再大啖飲食。

餐後和大家一同到馬丁喝咖啡。

四個人，坐在一起，期待能夠交心的談談，一個人在竹北太寂寞了，每回到台北總是希望好好和朋友交心談話。

這回，四個人圍著咖啡方桌談心，整個人似乎可以放鬆了。

聽著A說起夫妻二人教養一個有點自閉的孩子，高中畢業沒有再讀，也沒有工作，自天跟著丈夫過著日子，自己則忙著升等，直問佛教文學的升等審查到底會送到何人手中。我問她，書寫出來了嗎？連書都沒有成型，怎能去想送審的事情呢？只能盡人事好好經營自己的論述，何必去管那些外在不可抗拒、逆料的審查呢？

B談著自己的旅遊，談學校的狀況，談著等會要和學生約四點在博愛路見面處理事情。

C不多談，目前屆臨退休，房貸仍未繳清，而且，身體罹癌仍未康復。

大家談到退休規劃，B說，一群好朋友住的很近，隨興聚會聊聊就是很快樂了。A說，她的退休生涯是要念佛，做早課晚課。

我呢？可能考慮將台北的房子收回來，歡迎大家來住，一起生活。

B說，不要想大家可以住在一起，每個人的生活習慣不同，還會認床，小小度假式的共同生活是不可能的……

大家聊著，聊著，時間匆匆，已是三點多了，很捨不得散會，卻不得不散會呢！

每個人的話語之中，總是包含了正在面對的生命課題。

每個人皆有自己的生命課題，只能勇敢面對、努力解決。

二〇一九年七月八日

擁有與失落

看到電視上有台灣人華德，走過許多國家，最後落腳在雲南的蘆沽湖，開了一家民宿，頗為愜意的。他說，這兒的好山好水，讓他留下來了，並且成為走婚的一員。

看著他手上抱著二歲的兒子小華德，女兒國的人們皆說小華德是「失落的文明」。何謂也？意謂他是文明世界留下的後裔。

主持人問華德，小兒子由外婆扶養，有朝一日，如果他想離開蘆沽湖，也不能帶走小孩，會不會心疼呢？他說，不會，一定要遵守走婚制度，尊重這個女兒國的規定。

他也談到，與走婚對象的邂逅，是一種緣份，第一次在篝火晚會上，乍然相逢相識，從此驚為天人，一定要與她有更深的交往。第二次清晨搭船經過蘆沽湖，看到她正在湖畔刷牙，那種渾然無染的氣息，讓他決定要追求她。

經過走關，走狗，走門，走情四個關卡皆能順利通過，也和她生下一個小兒子，而妻子一年前前往四川成都工作。

看到這一幕，其實心裡很不捨。自己生的孩子，不能擁有；自己的妻子不能和自己長守廝守。這種分隔兩地的情形，讓人覺得走婚制度真的很特別。

其實，我們是被漢族的生活模式與婚姻制度給羈絆了。自己生養的孩子，一定要擁有；自己的妻子一定要共同生活。而且是一妻一夫制。

然而，在女兒國裡，並無此規定。兒子一定由外家、娘、舅養大，終其一生是在娘舅家中成長。而走婚制度，並沒有規範必須是一妻一夫制，而且男不婚、女不嫁，成為走婚制度最大特色。

沒有制式規範，就能夠各自擁有獨立自主的生活，而不會互相牽絆，所以妻子才能獨力前往四川成都工作。

沒有擁有就不會有失落感，華德自己知道，進入女兒國的走婚制度，就必須遵循這樣的傳統。所以他並無失落感。而我，一個被漢文化制約的人，總覺得心有虛歉，不能親自教養自己的骨肉兒女，不能和心愛的人共同生活，心中總覺得有個缺口難以補足。

反觀女兒國的世界，男不婚，女不嫁，也各自安好，各司其職，各安其業，並無糾紛與喧擾。想來，是漢族婚嫁制度制約了我們的思維。

沒有擁有，就不會有失落感。也許，是文明世界須重新學習的生活模式吧！

二〇二〇年三月九日

你的存在，因為虛無

為了享受存在與虛實之間的人際網絡流移，於是，刻意地讓自己跌進了無遠弗屆的網路世界之中，去感受人與人之間似有若無的溫度，存在於文字的熱情與冷然裡浮游世情。

網路世界之中，存在太多虛虛實實、似真若幻的情愛追求，不知道每一幀巧笑倩兮的可人模樣是真實世界的幻化，抑是恐龍妹的化身？逡巡遊移在每一幀個人照之間，從字裡行間去剖析每一個孤寂的心靈，看著對異性的追求條件，彷彿是浮世繪，片刻浮遊流轉，是逼仄的宅生活，窄化了彼此窺視的可能，於是，透過網路的擊點，一個讚，一個鼓勵，讓生命的厚度逐漸在擊點中增加甜美的負荷。

尋訪愛情的人兒，是誰與誰可以在網路的虛無世界中相識相遇呢？畢竟，隔了一層螢幕，未曾相識的男男女女，以網路搭起的鵲橋，彼此享受片刻的溫存，也感受可能有的熱情與溫度，然而，在字鍵敲擊之後的感覺，竟是一杯春露冷於冰的陌然。從來繫日乏長繩，網路的不可捉摸更甚於碧海青天夜夜心的孤寂。

流轉在敲鍵的字句之中，繼續探訪這個因為虛無而存在的真實的網路世界。

進入旅遊專欄，原先為了探訪出遊的訊息，不意，竟發現別有洞天，這是一處柳暗花明的人間勝境，大家在這個版面呼朋引伴，有人在呼喚五六年級生的聚會，有人在呼喚單親父母的聚會，只為了分享教養與分擔孤獨，更有呼朋引伴的召喚進行山水之旅。不相識的人，因為心意觸動而夠發了同是天涯淪落人的情懷，於是相約相邀在某時某地，糾合一群友朋餐敘、聚會。陌生、見面、餐會，充滿了危險與冒險的遊戲，有人全身而退，有人人財兩失，也有因而找到一群好吃好玩的夥伴，幸與不幸，不是一句幸運了得。

在虛無與真實之間，人與人的距離似乎無遠弗屆，然而，果真是如此嗎？彼此在張望的同時，是不是也是在探訪虛無呢！

二〇一二年二月十七日

輯四：親：洄游溯源

親人與親近的人

生命中遇合許多人事物。有些是命中註定的身分位階，或為父母、兄弟、親族等，這些是無法改變彼此的關係。有些是工作夥伴，因為工作質性必須常常交接往來，有時也因為職場的位階而必須有接遇的對象。有些則是偶然遇合的朋友，緣起緣滅，只能冷凝這些聚散離合的無常。更多的是，在各種機緣中遇合的朋友，一見如故，從此成為莫逆之交。最近有一個廣告，頗令人深思，他問，人生有多少可以說話的朋友呢？有多少可以不說話的朋友呢？

家族親朋大多住在遙遠的台北，而我只一人住在竹北，想回台北的念頭未曾斷過。因為工作關係常常往來台中與竹北之間。也和一些青年學生遇合。因此，也逐漸改變心態了。

雖然有一些人和您有血親關係，因為職業、居住、忙碌，無法常常見面聊天或是共同生活；但是，有一群人卻反而因為工作、居住、生活型態的必須，你們常常見面，常常共同做一些事，這些人，雖非你的親人卻反而是你親近的人。

人生有多少可以親近的人呢？當親人不在身旁時，何妨珍惜因為工作、因為居住、因為經營共同事情而常在你身旁環繞的人呢？

把學生當成自己親愛的家人，把工作時常交接往來的同仁當成好的夥伴，把共同完成事務的人們當成好朋友，改變心態之後，整個人就變得不再孤寂了。

在健身俱樂部，常常會遇見洪老師、陳姐、美魔女、阿嬤級的會員及身型窈窕共同運動的朋友們，向他們熱烈的打招呼。大家喜好運動，不論是為了健康，為了身型，還是為了塑身，大家不斷地在俱樂部一同做運動，上相同的課程，久而久之，大家見面了也會互相打招呼，雖然名姓不知，只能抬頭頷首微笑，或是聊上幾句話，心情卻是非常的愉悅的，這就是可以親近的人。

還有，和鈺婷，認識近十二年，從九十四年搬到竹北，就常到她門市部推拿，按摩，抒解壓力，好好的睡上二個小時，或是聊上一個小時，對我都是很好的人際互動，從她的話語中，了解了她的家族關係、親人往來，還有周邊護膚人們的動態動向，彼此沒有機心的對聊，彷彿像好姐妹一樣，常常有著體貼的心，彼此關照。似這般、像這種常常遇合的人們，因為常常往來，而讓你更懂得珍惜人與人的緣份。不是親人，卻是可親近的人，她們的出現溫暖了你的心靈，也讓你的人生之旅不再孤單而有了對話的對象。人生，也許需要許多友朋互相慰藉，需要相濡以沫，需要友情溫暖孤寂的人生。

在電梯遇見左鄰右舍，互相寒暄，互相問好，感覺，情意的交流如此和善，互相關懷，讓歲月有了心情的溫度，這種溫度是互相給予的，互相取暖的。

在學校人文大樓的走廊上，迎面而來的研究生，溫馨的對話，關心她們的論題與進度，希望在她們枯索的研究過程中以關愛化解她們焦慮，這也是溫度的釋放。

在工作、在會議中，適當的關心別人，適當的投注關懷，給人希望，給人方便，是如此容易的，也希望自己能夠一直有這種美善的心靈常照人間。

此生此世能夠相識結緣，便是緣份，無論前世是善緣或惡緣，今生今世一定要翻轉成善緣、福緣，讓來生來世再相遇時，可以更美好的相逢。縱使無法改變事實，至少可以改變自己的心念，改變自己的善念。人生一世，何所求，何所望，只要平安健康，便是最美好的了。結下善緣，福緣，來生來世再相逢，可以更享受曾經種下的福緣。

如此，希望自己多多珍惜相知相遇的人事物，無論是親人或親近的人，皆要有一份美善之心去經營此生此世的福緣。

二〇一八年四月一日

回望

咸信人與人之間的交接往來是宿世的因緣，也相信緣份支使著我們在千萬人海中得以相逢相遇，更相信塵緣中每一個交遇的人情世故皆是被安排張羅好的。

一位博生是某科大的教師，考進本校成為在學的博士生。她找我，說要請我擔任指導教授，我問要研究什麼領域，要寫什麼論題，她說，可能是唐詩中的王維，或是漢代詩歌吧！我也不多想，立馬簽了她。

事後回想，何以一反從前要他們繳交個人生平資料，學思規劃等內容，草率就簽了指導呢？原來，她酷似我的阿嬤。讓我有種似曾相識的熟悉感，也有宿世因緣的感受。

阿嬤，是早年喪夫獨力以洗衣、當保姆，將八個小孩拉拔成長的堅毅女子。在我的記憶裡，三重路的老家，永遠是幽深晦暗的，而阿嬤總給我一種慈祥的感覺。像陽光溫暖，像和風吹拂。

記得，我們遷居永吉路時，不識字，不識路的她，總會搭計程車到家中來探視我們這一大家子孩子，七個小孩的家庭裡，個個都是頑皮吵鬧的小鬼。她常會帶著滷好的紅燒肉、滷蛋到家裡來。在那個貧窮的年代裡，能夠有肉有蛋吃，就是最好的饗宴了，年小的我們，不懂事，總以為阿嬤很有錢，因為每次來家中作客，就會賞給我們一角或二角，這對從來沒有錢的小孩來講，是天外飛來的橫財，喜孜孜地捧著錢高興數日呢！

其實，阿嬤一直是以洗衣、擔任保姆為生，雖然有兒有女，但是每個兒女的家庭皆有自己的生活重擔要擔負。每位姑媽或是大伯也要面對自己生命的重擔，阿嬤從來不要求兒女回饋，仍然獨力營生，和幼子共同生活在三重路的老宅第中。她的幼子，也是我的叔叔，夏天以賣冰淇淋、冬天以賣紅豆餅為生，營頭小利，能有多富有呢？當然也是寒儉地過活。因為如此，終身未婚。阿嬤和小叔相依為命，偶爾會到永吉路探視我們。她每次到來，總是我們最歡樂的時候，因為有好吃的紅燒肉，又有零用錢可拿。

後來遷居南港之後，不識字不識路的她，還是偶爾會搭乘很貴的計程車到家中來探望這一大群孫子。

我就讀高中時，阿嬤中風，不能行動，老爸常常要帶著我們搭計程車到三重探望她，來回交通費很貴，後來，索性將阿嬤帶來家中居住照顧，這樣就可以省去往返的交通費了。

買了一張太師椅讓阿嬤平日坐在椅上，搖著搖著彷彿是美麗的時光，在椅上吃喝，度過漫長的悠悠長日。我們平日上課，下完課回家，輪流照顧阿嬤，餵她吃飯，替她擦澡，替她按摩，安頓她就寢，因為我們年記小，在資訊不發達的年代裡，不知道該如何減緩她的痛苦，也不知道她需求什麼。

後來，阿嬤病沈難以復原，家族的人說，落葉歸根，將她送回到三重老家。每次到三重時，總是晚上，總是老爸下班之後，帶著我們幾個比較大的孩子到老家探望臨終的她。看到她臥在床上，旁邊播送著經誦，總是不捨，為何要如此張羅經誦呢？心裡不懂大人們的安排，就是捨不得。

回想阿嬤一生，似乎就是以苦為樂的在人世間修行，從來沒有度過好日子，而她總是替別人著想，為子孫操勞。她在我高三時往生，之後，每每想起阿嬤，總是背人垂淚，很長一段日子裡，只要一想起阿嬤，就想哭，就會哭，不想讓別人知道，總是在幽獨無人的時候淚流滿面，因為太捨不得她了，一生清苦，未曾享福的她，讓我分外不捨。

曾經，生命中最大的願望就是要回報她，讓她可以安享晚年，讓她可以好好過一段好日子，可是幸福之神未曾眷顧，未曾讓她清苦的生命可以翻轉，就悠然離世。再多的不捨也要捨得了，歲月悠悠就這樣經過了三十餘年了，如今，想來，還是感傷異常，還是忍不住會垂淚，人生的緣份就是如此，情長緣短也無可奈何。

遇見貌似阿嬤的博生，彷彿依稀的熟悉感浮上心臆了，立馬簽了指導的簽單，管她肉體人身是誰，就讓這份緣份再續吧！

二〇一八年一月二日

追溯生命的脈流

追問生命的來源，自是一番寒風徹骨的冷冽。

堪驚歲月的流度，已將年少與青春翻轉成老態龍鍾的蹣跚遲暮。

年少的媽媽，七八歲從台中沙鹿到繁華的台北謀生，隨著父母進入一個人生地不熟的異域開展新的生命與人生。切斷的家鄉已是無從記憶的夢中場景了，只記得甘蔗田，記地榛莽遍地的家鄉，餘此之外，什麼都不留存了。

追憶當年，格外令人感傷，貧賤的生命中必須承負生存的經濟壓力。外公在當年稱為「鐵路部」工作，挖煤，清潔等工作。小小的女孩可以做什麼呢？在旁邊做個小幫手，七八歲必須學會煮飯，用煤碳煮飯。為了溫飽，沒有讀書，做任何可以做的事情，幫傭，揀煤渣，……紡織小女工等等，看過媽媽年輕時候的照片，清瘦，可以穿上百褶裙而風姿清麗。

沒有讀書，不識字，渴望讀書與識字。在我小時候，親見媽媽揹著妹妹到興雅國小上補習教育。由於食指浩繁，斷斷續續的，有一搭沒一搭的讀著注音符號。等我國中畢業，她還是難忘求學的甜美滋味，轉到南港國小繼續上補習教育。後來，隨著年歲日長，她讀國小，也不在乎有沒有畢業，不在乎讀懂多少中文字。後來，繼續到國中讀書，ＡＢＣ對她甚是困難的，但是，樂此不疲。是同儕共學讓她快樂，抑是識字讓她快樂，不得而知。讀了數十年，注音符號及ＡＢＣ仍然搞不懂，可是，她還是很樂意投入這種夜間補校求學的歲月。我想，應該是一種補償心理吧。年少失學，必需要從更多的學習與讀書中追補回來，雖然，已未能追補什麼了，仍然願意到補校接受基礎的國民教育。

外婆呢？記憶中的外婆是位慈祥和藹的老人，梳著斑白的髮髻，腆著微突的小腹，步履雖蹣跚，卻是善於行走的。從永吉路走到永春，或是永春走到永吉路，皆難不倒她。在當年艱維的生計中，步行是省錢的方式，更何況交通不便捷的五六〇年代。聽媽媽說，外婆也是艱苦的女人，生育八位子女，一手張羅食指浩繁的家庭，不識字，要為兒女命名，難為了一個日夕忙於生計的小女人。兒女的命名，充滿了生活困頓的想像：大姨「緊」，意謂著時局緊張；

媽媽「貴」，是米價太貴；三姨「尾」是最後一位孩子；不料，又生了一個，只好再命名為「剩」。這是女兒們的名字來源。男孩呢？大舅「炎」是太陽太炎熱了；二舅「鐵」，希望生命堅實如鐵；三舅「陽」，象徵光明；唯一複字的是四舅，「孫權」是看了歌仔戲，東吳的孫權，以此命名。

想到外家親人的命名方式，真令人感傷那種貧寒的歲月，終日求溫飽而未能，何況是讀書識字？

外公呢？印象中的外公，留著斑白美髯，臉型嚴峻而有稜角。雖是老人，卻能夠感受他的輪廓是如此的有型，以今日而言，是型男。少言少語的他與外婆的談笑風生似乎是互補的生命型態。靜默，不發一語，是他給我的印象。手藝非常的精巧，可以用蘆葦編製掃帚，可以用竹葉編製斗笠，用芒草編製草鞋，用竹片製作竹簍，似乎任何植物到他手中皆可以化腐朽為神奇。善走健行，從松山走到南港，從南港走到松山，挑著扁擔，一幅古早人的模樣。

生命不可逆回，當逆溯時，才知道生命的流向是明確而清晰的。從媽媽口中追憶她生命的來源，知道這也是我的源流。永遠記得讀小學的我，偶然看到外公外婆身分證上的名字，便一輩子也忘不了，魏泉，魏趙綢。可惜，當時無法銘記籍貫及出生年月，更不知我們源自福建的何鄉何市，或是哪一個可以連結的城鎮。

聽媽媽說，沙鹿的田地皆賣人了，沒有祖產的我們，只能異鄉漂泊了。經過歲月的淘洗，作古數十年的外公、外婆影像，在我日益成長且轉成遲暮之年時，宛然成為一個追憶的圖象，似是鮭魚迴遊於生命場域的源流中。

一直深信，我們與平埔族有淵源。沙鹿的歷史塵封在風口，而我們想逆溯的動因，仍然堆積在胸口湧動著最初最深的孺慕之情。

二〇一八年二月七日

女人圖像

一、楔子

天地有乾坤，人類分男女，因為有了陰陽，有了人生，一切的生死歡泣，全部被羅織在恢恢難以遁逃的歲時光域之中，閃避不及，只能硬生生的面對這一方方向我們奔流而來的人間情事與快意恩仇。

二、三重埔的記憶

記憶，像一具渦輪，不斷地翻滾，不斷地倒捲，在幽深之處，潛藏著難以逃遁的思維，一點一滴似乎在追索所有的呼喚，似乎在迎納所有的歡愉與歌哭。站在記憶的邊隙，跨不進舊日沈沈綿綿的日子之中，也走不進花樣如歌行板的浪潮中，沈浮在不可想見的邊緣與空隙之中，努力要爭取，努力要尋找，卻發現燈火闌珊處的幽深，是難以捫探捕捉的沈淪與灰劫，仍然要在歲月的空隙留下一點姿彩，留下一點點痕跡。

從來，三重埔對我而言，充滿了記憶，也似是被歲月拂去的積雪，堆疊在心海深處，刻鏤成一縷縷的輕煙，或散或見地飄浮在記憶碎片之中，掩面長嘆，也留不住一點點，一絲絲，一毫毫的追想，在光域與歲時之中，慘慘澹淡的，綿沈沈的記憶，總是不斷地從深處，從幽處，從不可想見，不可想知的縫隙中悄悄溜出來，在無限的天空下擴散成不可追補的晴天，不可挽控的流光，沈淪在其中，只能軟軟地，綿綿地追索似乎是碎片的流光。

阿嬤，是我生命中記憶最深，最想感恩的人，可是，每當想起阿嬤的容顏，似乎，寫盡人世的滄桑，教我無法迴避這股深長的感受。

一個女人，青春年華守寡，守著五女三男寒破寒微的家，是什麼樣的力量可以支撐整個家族的重量與負荷呢？走在人生的長途中，不可迴避的生命之重量，在所有悲苦的歲月襲捲而來時，什麼是可以守候的？什麼是可以面臨的？

父親三歲喪父。還有一個襁褓中的弟弟，所有的親人走避之後，面對的痛楚是自己必須獨力去承負的重量，歲月的重量，流光的重量，以及生命的重量，在無盡的悲苦之中醞釀，在所有的感傷之中成形，只能漫衍成一滴滴思念，轉化成一點點成長的力量，讓自己更有力量去承負命運造化的播弄。

三、浮生的追想

佇立在二姑媽的靈前，一幀放大微笑的圖像，謙和而靦腆，淡淡地笑意，高倨在靈堂上方，凝視著子孫拈香，默禱，助念，伴隨著香煙裊裊，默視著圖像，似乎在追索二姑媽一生的繁華與滄桑。

初嫁邵家，相夫教子，扶育兒女，後來丈夫背叛，棄家不顧，姑媽只好吞忍悲苦，獨力扶養兒女，直到丈夫又被女人拋棄之後，帶著一個小孩欲重歸家門時，兒女們紛紛不認父親，不願意他回家。只有姑媽，念及夫妻情義，收留欲回心轉意、想回家的背叛丈夫，而且親自撫育一個與自己沒有血緣關係的私生子。從此，以母親的名份收養這個被自己親生母親拋棄而父親無力撫育的孩子，姑媽的人格偉大，在這兒彰顯。可是，年輕過度操勞，中年累持家庭，老年來不及享福，便中風纏綿病榻多年，直到老死。

常在想，青春年華，應是夫妻情深，然而一生的拖磨，也成就了一家一業。看著整個家族以最默禱的心情感恩姑媽的操持家務，撫育兒女，並沒有拋棄他們而去，如今，開枝散葉，心中最感念的，應是一個可以母懿天下的德行可以昭示後人。而這樣的故事，似乎是連續劇才有的劇情，居然硬生生地活在姑媽的生命之中，一生悲苦勞累，到頭來，只贏得一柱清香及叩頭的虔誠罷了。

想念姑媽悲苦勞動的一生，貧病交織的一生，她卻從來未曾呼天搶地，只有默默承受，這種動心忍性的美德，難道是阿嬤的血脈流下來的傳承嗎？

人生一世，所有悲歡離合，只能點滴在自己的心頭，有誰能夠為自己分擔解勞呢？無盡的歲月，只有向無垠的光陰浪潮襲捲而去，而我們默立在人生的涯岸，究竟能夠勘破多少紅塵是非呢？

四、客家歲月

以九十二高齡謝世的阿婆，一直是位傳奇人物。

早年守寡，生下三女，共守家業。後來與廖姓喪偶的男子再婚，二人皆是二度花開，各自攜帶著兒女共組二春家庭。女帶三女，男帶四男，後來又共同生下一女，這個么女，最後成為父母血液的交集，也是備受疼愛的對象。

一生與小舅媽不合，從不同桌共飯。

一生勞動耕種，迄八十多歲還下田工作。

個性愛恨分明，八九十歲了還能中氣十足的罵人，還能負氣喝農藥。

這就是剛強執拗的阿婆，客家女人的韌性與任性具現無遺。

五、繁華事散

小姨的花容月貌，是我永遠難忘的，在淳樸的鄉下，她就是一朵美麗的花，開綻在每個人的眼目之中。

她是親族裡面最美麗的小女兒，備受寵愛，而她的性情溫良也是令人稱許的。雖年六十歲往生，站在靈前看著巨幅照片，已是老年相貌了，但是，眉眼之間，仍存著難以掩藏的微漾青春。

人生啊人生，終是繁華事散逐香塵。點檢生命中的女子圖像，似是索鍊般的血緣將我們牽繫在一起，讓我們同歡、同悲，共同在五濁混世裡度過每寸每縷的生活點滴。

二〇一一年七月三日

老爸

原本準備了二本新出版的散文集給老爸，臨行時，又抽回一本，因為一本是寫公共事務的札記，一本是寫個人幽微心情的記錄。心想，還是不要讓老爸擔心，只送了一本書寫公共事務的書。

老爸來電，興奮的告訴我，讀了三百多頁了，急著問我書中的紅孩兒如何了？電話中無法說清楚社會邊緣人學生的狀況，只得說，有機會再細談。

隔幾天，老爸又來電說，全書閱讀完畢，而且盛讚我，做得很好。意思是說，擔任行政處理庶務處理得當吧！

老爸個性就是急驚風，凡事皆快速處理。

家中的拉門風化，不小心被我拉壞了。這是一對左右對開的拉門，採用三明治方式製成，二片門板固定，中間有軌道帶動夾在中間的木門，不巧，卻被我弄壞了。請社區管理員幫忙請人估價，結果，修繕工來訪視之後說，二片拉門必須拆除，因為軌道風化，無法再修了，必須全部換新的。聽後，覺得很麻煩，只是不小心將拉門拉用力，即必須承受全部軌道滾輪換修的命運，而且對方要排時間才能進行修繕。

老爸遠從台北下來竹北幫我處理，第一回合，先研究如何處理拉門滾輪轉動的軸線。第二回合，找了墊片處理，結果材料太大，回去找小的。第三回合，材質又太薄，再換個吧，第四回合，全部修繕完成。

賢賢是學理工的，他也在研究為何爺爺可以如此神奇的將門修好？何以不需要任何大動刀斧即可將拉門軌道重新修好。

他說，從小就看爺爺很神奇的治理各種家中不慎被破壞的器具。

老爸雖然沒有讀過什麼書，但是，善於觀察，善於修繕，來自於貧寒家境，無法用錢堆疊，只好事事自己想辦法解決。

來新竹四回合，輕而易舉的將拉門修好。神奇。

這回，又迅速將四百多頁的札記看畢。而且喜孜孜的報告進度。老爸的視力日減，動過白內障手術，有一隻眼也弱視幾近看不見，可是，他仍是第一個讀完我全書的人。

天下父母心。出版散文，從來沒有被人如此看重，只有老爸原原本本的讀完全書，讓我深深體會父母之心。就好像，賢賢的任何成就，我皆引以為榮。

我似乎也遺傳了這種性格，不僅急驚風的性格，更多的是對兒子的期盼。

二〇一八年二月六日

用度

經濟能力不同，必須有不同的用度。

A，住東湖，習慣在收市之前到市場買便宜的水果，蔬菜等食品。這時侯往往可以揀到便宜的食品，三斤一百的綜合水果，一堆一百的橘子，二斤五十的花椰，因為要收市，攤販往往用清倉的概念出清存貨。她喜歡在傳統市場買「俗又大碗」食品，甚至努力挑選，也可以挑到很不錯的時尚衣物。

B住在南門市場附近，因為南門市場的貨色與價物偏高，遂往較遠的東門市場添購生鮮食物及蔬果；也知道南門市場哪一攤價位便宜公道可以下手買東西。

C住在內湖陽光街，附近有湖光市場可購買便宜的生鮮食物，偶爾也到美麗華超市購物打牙祭。因為健康關係，偏愛買里仁有機及棉花田的食物，這二家食物偏貴，號稱有機，或無農藥。

我呢？因為市場有點距離，車位難求，停車技術不佳，往往一大早到傳統市場採購，不問價位，隨買隨走，快速如疾風，半小時搞定雞、豬肉品、蔬菜水果等食物。偶爾也到好市多買大量的魚品及肉品。

和C在一起，可以感覺她隨興購物，下手寬綽；和A、B出門，她們會精打細算，細細盤算要買的物價。

和她們比起來，我算是比較沒有金錢概念的人，只買需要的物品，卻從來不比價，人家說貨比三家不吃虧，我常沒有比價就下手。不過，出身寒微，也被賢賢稱摳，我說，不是摳，而是當用則用，當省則省，與吝嗇無關。

某日下午，B帶兒女到五分埔添購過年新裝，五分埔衣物平價，頗得B青睞，而當天下午，我卻和C到美麗華閒逛挑買衣物。雖然沒有下手購物，卻很能看到我們購物習慣之異。

B生性節省，從小事可見。熱水瓶的水，我是用冷水加上沸騰；她卻每天下班回來親自煮一壺熱水倒到熱水瓶裡。

由於身教，B一對兒女也是生性樸實，不羨慕別人華服美食，不購買昂貴物品，閱讀的課外書籍，向來都是向圖書館借。這是賢賢不能的，賢說，別人看過的書，不知道有多少細菌呢！雖然B住在物價昂貴的蛋黃區，卻怡然自得的用自己的步調過自己的生活，不比豪富，卻能平穩過日子。

C似乎有點大起大跌之勢，有工作時下手豪綽，沒有工作時，也往往不懂得收斂，告訴她，凡事量力而為，做事要節省、低調。不知道這樣說她，自己也能做到呢？

以前下手豪闊的我，近日在台北閱卷，一連住在B家中十天，每天看著她早上六點多起床準備早餐，煎蛋，沖泡穀物，切削水果，事情妥當，吃飽才出門，小孩也都養成在家中吃早餐的習慣，省去一餐的錢。能帶便當就自己張羅，有時晚上一餐，可以裝上六個便當，三個丈夫的，三個自己的，這樣就有三天午餐有著落，不必為外食而煩惱。

再看看C的生活型態，雖然暫無工作賦閒在家，卻因為健康，叫了外送餐盒，每天送來三份素菜便當，中午一餐，晚上一餐，第二天早上再一餐。而小孩的早餐則有時是叫外送早餐，或是吃麵包包子饅頭等。以我的忖度，有自己的廚房，為何要叫外送便當呢？三份四百五十元，不便宜呢！何況僅是水煮的蔬菜而已，這些食物自己張羅也甚是簡便呢！但是天生嬌生慣養的她，偏偏不能自己親自料理食物，孩子也隨著外食，外送，而沒有辦法在家中好好吃上一餐溫熱的餐食。

學妹，也是一個例子，單身，三餐外食，而且對於飲食非常重視，一餐總要吃上二百元以上。她的說法，便宜的餐食，不知道用什麼油，什麼肉品，所以寧可吃貴一點來滋養身體，何況，唯有吃，才是對自己最好的方式。親到她的小套房看了一遍，有冰箱，不是小冰箱，而是普通家庭號，這樣儲備糧食甚容易，自己烹煮也很便利，偏偏她說，不要浪費生命在烹煮上，可是，剩餘的時間做什麼呢？

我呢？住家附近飲饌有昕發小吃店，有阿富魯肉飯，有烏龍麵店，但是，我總覺得買想吃的，煮想吃的，不是很快樂嗎？一個人在家，是簡單料理，番茄，洋蔥，高麗菜加上肉品或魚品，整治成小火鍋的概念，這樣方便也多元營養。對我而言，煮食物不費吹灰之力，因為讀書研究之餘，眼力疲累，休息最好的方式就是切洗食物，將洋蔥，胡蘿蔔等先切妥備用，俟要用時，揀些下鍋即可，尤其喜歡吃蔬菜的我，往往肉少菜多，近年為了健康關係，少澱粉，多蛋白質，也搭配運動，一個人也要活得健康自在，也要吃得營養，買愛吃的。熱愛吃的酒釀，麻油雞，四物雞，紅豆湯，皆可以自理，且蔬菜可以隨自己的口味調煮，既自在，又方便。想想，C及學妹沒有烹煮習慣的人，要她們改變生活習慣的確很難。而且，她們自成型態，也無須為她們操心。

從生活模式，可以了解每個人的特質。

從經濟用度，可以了解每個人用錢的觀念。

二〇一八年二月九日

興旺家族

家族，一直不興旺，也互不往來。林家、魏家皆如此。感嘆！有血緣關係的親人，何以不相往來。想想，是因為上一輩生活清苦，除了自我營生之外，無力多負擔親族間的往來關係，而且也和父母的態度有關係，他們年事已高，能夠安頓自己生活就好，何能再去關心別人的生活呢？

我的想法不一樣。我們受過教育，生活也還過得去，有能力糾合親人常常聚會。聚會的目的與功能，一直以為有二：一是聯絡親族的感情，平時有往來，才能有情感，才能互相聯繫，互相幫忙。二是讓大的帶小的，將整個家族興旺起來。

所謂「大的帶小的」，其實是最大的願望。由哥哥姐姐的學經歷經驗將弟妹帶起來。

譬如賢賢已經學業告一段落了，可以用自己的經驗教弟妹如何選擇自己的目標，如何準備課業，包括選擇類組，如何面對課業壓力等等。同儕的力量，比大人所講的更有說服力，也更能讓弟妹有感。

看到A考到台科大，真的很替他高興；他的妹妹也選擇自己想要從事行業的科系，只要努力就能一步步往前進了。

現在，B在軍中服志願役，可是我看到他，不與親人往來，只能躲在房間打電動，感覺很內向，想要導引他走出電動的世界追求更好的人生，有更好的追求目標，但是，必須是同儕才能發揮力量，我們身為長輩的人，似乎不宜過度導引，怕會起反感。他妹妹則是高三生了，還不確定自己要讀什麼，問她，可能從商吧！沒有目標，若沒有很好的導引，只能隨波逐流了，很可惜，可是身為媽媽的如何教呢？有時馬耳東風，必須易子而教，或是由同儕力量來導引才能奏效，她是很聰明的女孩，看在眼中，有點可惜，這麼好的資質沒有好好的疏導，真的，有點浪費人才。

C，是一個很沒有主見的人，選擇社團，都要煞費腦力與心思。教她用排除法，有知識性、娛樂性、服務性的，先想，什麼是最不喜歡的，刪除法，再挑出可以的社團。雖則如此，還是要教，如何跨出原本不確定的興趣，有機會接觸才知道喜歡或不喜歡。如果喜歡了，才能培養興趣；如果不喜歡，才能有機會選擇更喜歡的。問她，希望生命中有什麼亮點讓別人看見？她說，不知道。是的，對一個高中生來講，似乎沒有目標，隨波逐流。我就不一樣，從小就有一個想法，要有能見度，要成為一個被人尊敬的人，不要做一個沒沒無聞的人。

而今，看到子姪輩們的狀況，希望用自己的力量，旁推側提，讓他們都能成材成器，這樣家族才能興旺，這樣的心願，有誰能了解呢？不求別人了解，但是，努力推動。

每次聚會，其實是希望子姪輩們能聯絡感情，能夠互相提攜，這樣，家族才會興旺。而且也期待家族更團結，更密合成一個同心圓。

二〇一九年八月十九日

祭解與風水：生命的安頓

留宿在南港的家，清晨三點多，客廳就開始有動靜。老爸起來誦經，他每天的功課就是誦經，有自己的規矩，依照農民曆的流轉，有固家要誦完的佛經，也分作早晚課，有時是大悲咒千拜，有時是普門品，有時是地藏經、華嚴經或是楞嚴經、阿彌陀經等。老媽則起來備足供桌上拜拜的飯菜，今天是農曆初一，也是民俗信仰的鬼門開，水果，鮮花，簡單的素菜，點燃了燭火，祈求平安順利。

忙完家裡的拜拜二次，早上九點多，再陪老媽到佛光台北道場參加報恩法會，農曆初一例行的報恩法會，今天的日子很特別，早上六點有地藏法會，十點是報恩法會，七月是特殊的月份，還有另外的瑜伽燄口排在下午的二點，一連十餘天。

這回到佛光台北道場，主要是因老哥肺積水，身體有點狀況，老媽想替他「祭解」，一上十四樓的東廂櫃台，立即付費「祭解」，累劫累世的冤親債主一併化解，形成她為她的兒子，我為我的兒子，母子二對，一起由我付費祭解。這就是天下父母心，老哥已有二位外孫是當阿公的人了，還是讓老媽操心。

為四個人祭解，所費不貲，但是，祈求的內心平安卻是千倍萬倍於此。

無法說明冥漠的神明世界是如何？但是，虔信者有之，不信則無之，我深深相信輪迴，相信果報，也相信修行，相信神明之說，深信佛教，也希望天下圓滿平安有福，所以祭解是解除累劫累世的冤債，希望回歸到心靈最澄澈的平安。

和畢業的三位學生見面，在餐桌上，A說近日男方要來提親，她的老媽有許多的規矩，說要合八字挑日子，說某日幾點幾分是良辰要踏進家門來提親，說什麼可以什麼不可以，男方不可踏門檻，老爸最好穿什麼顏色的衣服，女方到男方家不可說再見二字，……林林總總，讓她覺得迷信太超過了，在二十一世紀裡居然還這麼不科學的過日子，她數落了老媽一頓，甚至說風水的迷信，什麼冰箱不可對大門，進門不可見廚房的火光，廁所門不可對大門等等……，聽完之後，我慢慢解說。

信者就須虔誠信之，不信則可以不在乎。這是祈求心靈的安頓。在心靈最脆弱的時侯，需要宗教來安頓生命，讓生命有所依歸，不一定因為靈不靈，而是信不信的問題，讓生命讓心靈安頓，就是一種力量，不是在乎有無，無關乎靈驗。神明、宗教從來就是安頓生命的力量。

風水，不一定是迷信，有時是古人的智慧，雖然時移世遷，有些內容與規定也許與現下的世界格格不入，或是古板冥頑或扞格不入，但是，其最終的立意，就是讓人安身立命，活得自在自得。雖然學生老媽是如此深信風水與禁忌，但是，基礎點是要女兒平安幸福嫁個好老公，這樣的基礎點就是良善的，不逆違，保平安，何樂而不為呢？不要在日後後悔或是覺得內心有虛欠，那種感覺才是不好受的。寧可平安順遂，也不要做無謂的抗爭或是順求，這樣就好了。

走過大半輩子，人世間福份早定，江湖老矣，才知道以前的鐵齒，和現在的謙卑，完完全全是人世歷練出來的。不信，也無得信；要信，也就完完全全的相信吧！因為一場變故，讓我更虔誠更謙卑的相信福份命定，相信人各有命，強求不得，也不可求得，只能在冥漠的神明座下，祈求事事圓滿如意，讓自己可以順服神的安排，心安理得的活過每一天，也在每一天裡感受人各有命的宿命與命定了。最終，仍是祈求此生此世平安而已，夫復何求？

二〇一九年八月十七日

跨越死生

一大早，六點多聽新聞報導，桃園某公司發生火警，有四位警消人員殉職。心情陡然跌入谷底。同情感受這種椎心泣血之痛，只有走過的人才能明白那種死生契闊的煎熬與痛心。前一陣子也有貨車司機追撞二位員警殉職。一連串的死生事故，讓人悲感人世如此無常。

情感的深度是無可忖度的，思念的長度是無可衡量的，凡是經歷過的人，才能深切知道其中悲切的感受。

八點多坐回書桌打開電子信箱，駱珞來函，又是一樁令人難忘的死生事故，讓人感傷。一位來中興求學的美國博生魏徹德於一〇四年暴斃死亡於租賃的頂樓，當時我身任系主任，替他處理後事，親自代表本系參加追思會，家人的感傷，盡看在眼底。

又憶念二三年前的四月十八日，邀請方梓蒞校演講，當日，江乾益主任猝逝於住宅中，又是一樁死亡事件，親帶師生到殯儀館參加莊嚴肅穆的告別式，岸偉的容顏一直嵌印在腦海中。

一件件，一樁樁的死亡事件，讓人感傷，也讓人不知所措。無常，如影隨形，如何安頓生命，不驚不恐，不慌不急，是人生必然面對的課題。然而，情之所鍾，仍在我輩，如何安處泰然，真真不容易。想到了一生棲棲惶惶的東坡，行遍大半中國，問汝平生功業：黃州、惠州、儋州，最後死於南雄。想到了杜甫，安史之亂，到處流徙，逝於湖湘之間。

死生，是人生必經的過程，然而，不是自己懼生怕死，而是，最難以排遣的是親人的死生，讓人懸宕在思念的千秋上，來回不停的擺盪，永不止息。「死者已矣，生者何堪」最最難堪的是，活著的人必須承負失去親人的悲感，思念的長度與深度與日俱增，而且最無以遣度的那種幽寂是孑然一身必須面對的清寂與孤獨。如何在失去之後，還能有力量活下去，健康快樂的活下去是一種勇氣，也是一種難以言喻的堅強。悲苦，不能替代已失去的親人，淪陷在悲苦之中，仍然無法救回已失的過往，如何好好活下去，堅強活下去；如何快樂的活下去，有能量的活下去，是一種必須學習的經歷，只有從死生的悲切中走出來，才能迎得更歡騰的人生。

無可歡無可喜的人生如何逆轉？無可樂無可悅的人生如何翻轉？

很巧的是，今天大哥開車帶父母到竹北來，帶了慈濟自願捐贈大體的申請書，老爸很有興味的在填寫，同時也囑我要簽名。這是很難面對的事，卻又不能不勇敢面對，到底簽或不簽？人生難免一死，在這個關口，我卻很難下手簽名，只能說，下週到台北妹妹家去，到時侯再一起處理。

深深知道父親是慈濟環保志工，後半生皆在慈濟幫忙，往生之後，能夠將大體捐贈作醫療研究之用，是他的志願，只是，在這個當口，我真的不捨也不忍。

不僅父親說服老媽、老哥一起加入這個捐贈的儀式中，也準備勸大嫂一起捐贈。

老父如此看開生死。而我呢？似乎仍在人世間行旅遊蕩，仍無法很釋懷的面對人世中的種種。父親此時將電視轉到華藏衛視台，看淨空師父的說法，九十多歲了，仍然神彩昳麗，講話中氣十足，每一回看到淨空師父，他都要補一段軼事給我聽，說淨空師父被相命師說：只能命活四十餘歲，遂入廟中虔心補懺念佛一個月，躲閃了人生的命限，這個意思是說，只要信佛，只要行善，所有的惡運皆會改變，我信嗎？當然相信，只有行善，只有無畏，才能有氣宇軒昂的氣度迎向璀璨的人生。而我們果真能有淨空法師的釋然，了斷死生？

人生如此不測，如此無常，如何面對呢？電視閃出了段金剛經的文字：「一切有為法，如夢幻泡影，如露亦如電，應作如是觀。」我凝視這一段文字許久許久，似乎是前世的事，也似是歷朝歷代、累劫累世所積存的印象，是南柯一夢，是邯鄲夢，是蝶夢，是浮生若夢，是一切的過去世與現在世不斷地交纏的影象，讓我感傷，又讓我驚懾。人生，果真如此，唯有脫離世累才能放下世塵，才能了悟，而我，又將如何透徹的自人世的悲歡離合中醒悟？如何面對這些窅冥不可測的命運去作任何的面對與接受？

儒家要我們擔當人間的一切，而佛家則直接告訴我們，有漏皆苦，我們皆在塵緣中流轉身軀而已。

此時，讓我深信福慧雙修的人，才能如此享有此生此世的善緣善果，才能擁有美滿幸福的人生。畢竟，這些深不可測的命與運是我們無法叩問的，也是不能窮究的玄深之理，走在這個人生的路上，如何可以不憂不懼，如何可以坦然面對所有的人生風雨。以前，充滿了昂揚鬥志的我，總認為只要努力，一定可以成功，一定可快樂與幸福。殊不知，人生的悲情就在於，你無法面對這種無常人生乍然來到面前，也就是在玄秘難測的命運對面，我們要學會謙卑，學會內斂，學會潛隱，沒有人可以知道下一步可能遭遇什麼？但是，它仍是我們要去面對的事實，每一步，每一步，皆是不可測的無常，在無常之前，我們只能謙卑，只能虛懷。電視上，不斷地播放平鎮的火災事件，殉職的、橫遭死亡的，皆無以預知這一切即將發生，然而事實已活生生的展露在眼前了。人生，能奈何，再悲，再苦，再難，再痛，仍得面對。

一切有為法，如夢幻泡影，如露亦如電，應作如是觀。我是不是已能徹然了悟了呢？是否有足夠的勇氣去承受所有的磨難與悲苦傷痛呢？如何可以昂然的再用年少的勇氣去面對人世的所有的艱困與悲慼呢？

二〇一八年四月二十九日

人各有命

對女人來說，結婚，嫁了個好丈夫就是投胎第二次，而且是自己選擇的投胎，幸與不幸，似乎是很難說的。

四月十五日家族聚會，老媽八十歲大壽。全部家族成員來了二十位，祖孫四代同堂，其樂融融。

看到家族聚會，心中也歡喜也感慨，人各有命，強求不得的，只能說，這就是命。

對老媽而言，生養了六七個孩子，一輩子照顧孩子是她的天職，老了，兒孫滿堂似乎是回饋她的美滿與完整的人生經歷。她不是有機心的人，也不太會料理家務，但是，子女成長後，各自成家立業，也讓她能夠安度餘生。女兒四位，兒子二位，雖然不是大富大貴，生活也平實平常。

另外，看到了三位姪女，各自婚嫁，真的，人各有命，也無話可言。A是大姐，結婚，未生子，和老公處在僵局，預計到英國八個月，尋找人生的新可能，讓自己思考人生之路。以前，她是最聰明的姐姐，整個人很機靈，功課也是三個人最好的一位，無論是外形或是ＩＱ，皆不錯，眼下的她，經營婚紗工作室，看不出好或不好，只能說，年輕人必須為自己的未來打拚。

Ｂ，從小就是皮膚黑，不美麗，功課也不起色，整個人似乎無可言說的不佳，她的老媽很喜歡打她，扯她的頭髮，而且她的嘴巴不甜，一直不討喜。看在我們這群姑姑眼中，分外疼惜。大家喜歡戲稱她黑猩猩，可見得她的形貌如何不討喜。可是，一場婚姻讓她翻轉人生。丈夫可能大她十歲，疼幼妻，加上家世背景不錯，似是與士林郭姓同宗而有親族關係，我從來不去細問這些，但是，昨天出席看到了她們夫妻二人，感覺Ｂ生養了小孩，生活有了重心，也頗得丈夫喜愛，帶著小孩，充滿了生活的甜蜜，似乎，有個美滿幸福的家庭就足夠了。

Ｃ，是老么，從小喜歡跳舞，目前與丈夫居住在新竹關埔特區。以前功課也不起色，考上靜宜，半工半讀也完成學業了。結婚，也是翻轉人生，生養一位可愛的女兒，看到她們一家三口幸福美滿，真是圓滿。

我是傳統女人嗎？抑是新時代的女性？為何看人的角度都是從婚姻看人呢？一個女人，豐功偉業也不如一個完整、幸福的家庭。那是因為失去之後，才會覺得人生最美的就是和樂幸福的家庭？以前，也是如此認為，此後也是如此認為。一個女人再偉大，再有事業心，或是能力再強，再能幹，還不如有一個美滿的家庭。

生命的無常是命中註定的事了，不可逆迴，人生走到這種地步，不管你如何好強，如何能幹，仍然拗不過生命之神的捉弄。此時，你只能退回一步，不往前爭取，讓自己回歸到最平和的生活與生命，只要平安，只要快樂健康就好了，這已是命中註定的事了，夫復何言。面對不可迴逆的人生，只能告訴自己，平實平和的去面對生命中的無常；想到阿嬤的早寡，想到婆婆的喪夫，想到阿婆的早寡，似乎女人命定要孤獨走完一生，只能將生命的重心寄託在兒女身上了，除此而外，還能追求什麼呢？

新時代的女性走出家庭的框架，洪秀柱，陳菊，蔡英文，台面上的女人，每個人的能力很強，孤孑一生，縱有豐偉事業，仍然讓人覺得是一種憾事。無兒無女，沒有婚姻的牽掛，似乎可以清心，可以努力衝事業，事實上，那種寂寞幽獨是無可言語的，只有家人的陪伴與支持，才能有心靈力量可以支撐著一直往前進。喜歡看到家庭和樂，喜歡有家庭的女人，這是自己框架自己，還是自己仍然是屬於傳統的女性呢？

人各有命，最是半點不由人。

女人的命，是不是油麻菜仔命呢？珍惜所有擁有的，珍惜當下的一切，讓自己可以平和的過著平實的生活。

二〇一八年四月十六日

生命的課題

每一個人總在面對自己生命的課題，而且各自不同，各自沈淪在那個小小的孔洞裡，流轉著無法脫離超拔的漩渦裡。

每到春秋之際，A總是陷入憂鬱的漩渦裡。上週二匆匆到家中放置行李，又匆匆到南投埔里給小女兒送感冒葯。說要在我家中住幾天寫寫書法，清靜身心。我當然不會拒絕，而且也歡迎她到來，總希望她能好好安頓身心，才能讓家庭更和樂美滿。但是，我週四在高鐵要返家時，打電話給她，原想問她想吃什麼？想買給她吃。結果，當然不在家。原來她又回到內湖的家中了。週二到南投，週三又回內湖，帶了二個蔬菜便當放在冰箱裡，週四又跑回內湖，她將高鐵當作捷運在搭乘，也想不透她在忙什麼？想什麼？她在群組說自己對於生離死別哭得很傷心，這種感受大家皆有，但是，何必放在群組之中呢？讓所有的人替她擔心，而她卻又裝著無事一般的打電話給我，說，回到內湖家中，晚上不過來了。原想週五帶她出去玩玩，散散心。到新竹，到任何小鄉小鎮隨意走走都好，但是，她不過來了，我也無可奈何了。真不知道她又如何了？

總是希望她平安，走離自己憂傷的心情，好好經營自己的人生。她是眾人之中最幸福的人了，結婚時有車有房，不像我們是一點一滴自己攢出來的，經過辛苦才能有現在的局面。而且丈夫對她很好，生日曾經包紅包六千元給她，這是莫大的幸福，不是金錢數字多少的問題，而是有一個體貼的老公。她其實可以好好的過活，但是，腦中總是裝了許多我們搞不懂的想法，而且光怪陸離的想法不斷地出現，去年還說要向我借電子琴，如何扛這個巨大的電子琴呢？目的何在？只是為了轉移小孩看手機的動機而已，必須如此大費周章，當然了，我沒有答應，因為她的奇特想法，真的不是可以隨便答應的，否則就要去扛負更重的負擔了。

她也是往往興沖沖的做一些事，卻無法處理，一定要更多人更多時間替她處理，放了行李在我家，然後呢？又要丈夫陪她過來取行李。能夠做的事卻不能善後，也幸好她有一位善良的丈夫願意替她處理。

活得不好，不快樂，是我看到的她，但是，為何不快樂，是她自己造成的。腦袋裡常常滋生一些莫名的想法，然後要別人苟同她，而自己卻無能去承擔所選擇的做法。比如送小女兒到埔里讀書，花費太鉅，又因某些原因，又帶著女兒台南的慈濟讀書一學期，然後，在我們不知的情形下，又轉回埔里的中台小學。真不知道在想什麼？但是，龐大的費用當然是無能為力負擔的，辛苦的是丈夫要陪著她每二週到埔里跑一趟，而且鉅大的費用如何是好？說不動她，改變不了她，也只能隨著她了，只要她覺得妥善的事，我們也無法改變，無力改變。

她將人生駕駛得如此偏亂無方向感。但是，還是有一群關心她的親人。生活，有時像是被遺棄的孤舟一樣的孤另另。渴望著與人交談，渴望著有人共同生活，可以一起玩，一起喝下午茶。但是，這就是人生的命運，寂寞如雪，寂寞如歌，在荒舟上過著寂寞的生活，渴望著有人關心，但是，太武裝自己了，不主動找人，不主動向人求援，不將心事透露，只是一個人靜默地過著寂寞的日子，做自己可以做的事。除此之外，運動，或許能夠從沈溺的孤獨海域裡露出個頭出來，不會窒息，不會溺斃在孤獨的海裡。但是，除此之外，幽傷孤寂，無人可知，可曉，也不想讓他人知曉，讓他人援救，這就是武裝。一夢如雨，醒來，孤寂仍是孤寂，但是，這就是真實的人生，是必須真實的去面對，無人可以解套，也只有自己才能如實的體會這種真實的孤寂情境。

真的，每個人活在自己小小的漩渦裡，載浮載沈，卻無法脫離這個無邊的海域，無法解除的個人的生命課題，仍是個人必須很深刻的去面對。

每個人都在活自己，也都在面對自己生命的課題。如何讓自己快樂，是當下必須努力經營的。走出憂傷，走出幽獨，走出自己小小的洞穴，面對海闊天空是必須去掙取的。有時，想到城埕廟的人氣囂喧，想要沾沾人氣，看看人潮，體會那種摩肩擦踵的感覺。搭乘公車前往新竹，一個人在小吃攤吃著蚵仔煎，肉燥飯及潤餅，再隨意的行走文昌街，武昌街，中正台，再到晶品店隨意逛逛，到SOGO逛，看盡了人潮，體會了人氣之後，在雨中再搭乘公車回到竹北，回到一個寂寞的家中，冰雪般的冷清，陪伴著的是要做很多事的書桌。很久很久以來，只要一個人冷清寂寞時，總是走向人潮裡，讓人潮的喧囂陪著，一個人到桃園高鐵的OUTLET，一個人到城隍廟，一個人到巨城，一個人在公園散步，一個人在竹北的街頭無目的閒逛，一個人坐在摩斯工作。這些，就是見證孤寂，想要努力走出個人的憂傷，嘗試讓自己快樂，用接觸人群的方式快樂。當然了，運動自是少不了的，看到團課的人群，很享受共同舞動的快樂。

學會和寂寞的心靈對話，讓自己能夠走出幽微的心境，創造更美好的人生。然而，此生此世，自己也很清楚，無所謂的美好人生了，不要更壞，只求不要更壞，這樣也就好了。人生的課題，總是一個人了然的承受，也是一個人好好的承擔著喜樂哀樂，卻無法與人共樂共享，更無法讓自己更加的歡樂。無歡無喜的人生，猶能奈何？猶能如何翻轉呢？安安份份，本本份份的做自己，就是這樣，不求更好，但求無壞就可以了。

人生呵，就只能如此了，也就如此了嗎？無可翻轉的悲歡人生，就要如此的定調嗎？不想讓他人知道憂傷，也就只能以書寫療癒黑洞般的心境。無底洞的孤寂啊！是如此的漫長啊！這就是真實的人生，必須面對的人生。看到別人，也想想自己，總是希望用千倍萬倍贏回快樂。但是，無歡無樂的人生，也僅止於此了。也就是如此了吧！

二〇一九年三月二十四日

四舅媽和小乖

和四舅媽有一段共同生活的歲月，所以在諸多眾親友之中，最有感情的應是她。多年未聯絡，近來又聯絡上了，邀她一同來參加我們的家族聚會。

記憶中，在我就讀高商時，四舅新婚，娶了四舅媽無處可住，暫時和我們一同住在福山街的家中。已是養七個小孩的家，再加上一對新婚夫妻，十一個人住在一起，其密度可想而知。但是，在貧困的年代，我們知足常樂，不以為苦，一個小房間讓給她們夫妻住，我們也過得非常快樂。

如果沒有記錯的話，四舅舅魏孫權其實曾經娶過二任太太，因為從事清潔打掃工作，無論春夏或秋冬皆要很勞苦的揹著清潔器具為人打掃。我猜，可能是太勞苦了，前二任太太皆沒有留住，離婚了。而且第二任太太生育了一對兒子。我的記憶，那時應該已有五六歲或七八歲了。

四舅媽和四舅相識，據她所說，是筆友關係認識的。我猜，可能是四舅媽從小生長在彰化鹿港的鄉下，生活更清苦，結婚後從事清潔工作，並不會覺得勞苦，所以能夠吃苦耐勞的四舅媽才能一生陪著四舅舅。

後來，她們也賃屋搬出去住，但是，和我們家的關係還是很密切，大女兒妙玲大約二三歲的時侯也曾送來和我們一同生活過一小段日子。

多年前，和四舅媽共住的兒子因車禍往生，留下一對母子和四舅媽一同生活。再隔一年，四舅因病過逝，留下了四舅媽、媳婦、孫子小乖。女兒也早已嫁到屏東的山區。

四舅媽對年輕的媳婦說，妳還年輕，如果有機會遇到可以結婚的對象，想再嫁就出嫁沒有關係，小乖我可以照顧，不用擔心。後來，媳婦搬出去，聽說在桃園工作。從此，四舅媽和小乖祖孫二人相依為命。

四舅媽說，年輕時候，有機會嫁給一個原住民，但是，她自己怕苦，沒有嫁他，想不到生命的鎖鍊一直牽著她，女兒嫁個屏東山區的原住民，兒子也娶了原住民媳婦。現在，相依為命的孫子小乖就具有原住民的血統。

人生，峰迴路轉，總教人特別的感傷。但是，在歷經喪子、喪夫之後的四舅媽仍然勇敢的扛起生活的重擔，在她的臉上看不到憂傷，看不到怨天尤人的臉容，更不會自艾自怨，她真的是非常的「認份」的生活、工作，盡她身為阿嬤的責任教養小乖。平日白天在內湖的電子工廠工作，一個月二萬多薪水，這樣菲薄的死薪水當然無法在大台北地區生活，所以晚上、假日還繼續承接四舅舅當年留下來的清潔工作，各種工作時間的安排，對小乖的教養時間就相對少了。

小乖現在小學六年級正要升國中一年級，因為家庭遽變，讓他必須快速成長，也非常的獨立，阿嬤不在家，可以自己煮飯，炒菜。獨立的小學生，不僅生病自己可以到診所看病，還能和醫生對話自己的症狀。暑假，要到屏東姑姑家住，拉著阿嬤到小七去，他操作交通購票網的鍵盤，買妥往高雄的高鐵票要阿嬤付錢，並且自行上網安排前往屏東的巴士，和姑姑約在某一個屏東小站的便利店接他。就這樣，一個小孩子獨身前往屏東找姑姑，並留住二週才回來。

聽四舅媽說，祖孫相處，也會起磨擦。她覺得小乖特別的好動頑皮。一天到晚往外跑，喜歡運動。我說，他具有原住民血統，這是優勢，可以因勢利導，好好鼓勵他，不要遏止他的天分。

隔代教養，加上工作忙碌，四舅媽早晚皆不在家，如何培養祖孫感情呢？

我教她，有時帶他去吃喜歡吃的東西，在餐桌上對聊，了解他的心情，了解他的想法。其實這是我常用的一招，孩子在家，縱使在餐桌上對食，也聊不了幾句，吃飽了便回房間去了，真的，問不到什麼，也不知道什麼。只有在外用餐，面對面，無所遁逃，而且誘人的餐食，可以增加心情的愉悅感，釋放心情，才能更好的聊天，透過對話才能知道對方的想法。

四舅媽說，她捨不得花錢吃東西，有時帶小乖出去吃，只點一份餐食給小孩吃，自己看著他吃呢！是呀，疼孫的心情，難道聰明的小乖不知道嗎？他一定有所感受的。

聽著四舅媽談說小乖，我特別有感，一個小孩子，無父無母共同教養，和阿嬤共同生活，如何活出亮麗的人生，如何反轉這種悲情的人生呢？聰明的他，如果不好好教，可能走偏路了。常常希望小乖能參加我們的聚會，讓表兄弟姐妹同儕溫情給他溫馨，給他溫暖，不要覺得自己很孤獨，不要走偏了，才是我最想做的。雪中送炭，是我們當下可以做的，對他來說，一點點的溫暖皆是可貴的，必要的。

二〇一九年八月十九日

童年

搭電梯欲下樓，在電梯內遇見一位年輕媽媽帶著一對兒女正準備上幼稚園。小小的兒童對我打招呼，也露出童稚靦腆的笑容，很可愛的兄妹，看到璀璨的笑顏，整個人也因此而歡喜起來。下到停車場，看著他們小小的身軀載欣載奔，真是可愛。

小孩子是上帝派的來小天使，讓人充滿希望，也讓人歡欣鼓舞。只是，他們小小的心靈，如何想像大人的世界，如何想像未來呢？

我也試著回想自己的童年。三重路的舊宅是一段記憶。阿嬤慈祥的容顏一直是我忘不了的，還有門前的老榕樹，親族們在屋內的地上正忙著搓著肉羹準備拿出去賣。小小的，陰暗的臥室裡，是夢想的天堂。還有暗黑的廚房，擺放神明的廳堂，皆嵌成一幅幅滄桑不老的畫面。

李家厝，方位在現在的永春，是和外公外婆們近鄰而居。老厝裡一房住著一家人，二舅、三舅，四舅、小阿姨等大家群居在一起，幼小的心裡，總是歡喜著和年紀相仿的兄弟姐妹一起寫功課，一起玩耍，看著三舅偶爾為我畫個圖，總是羨慕他的才情。在貧窮的年代裡，小學畢業就是高學歷了。看著大人們為了張羅我們的衣食而忙碌，我們卻無憂無慮地遊玩耍，大稻埕前的殺刀、捉迷藏，大家努力的玩，像野孩子一樣。

永吉路一八〇巷，又是一段歲月，這是一個各路族群群居的地方，記得有外省人，有閩南人，客家人，還有原住民，大家相親相愛，互相幫忙。我們住進十弄裡，小孩子們總是大大小小男男女女一起遊耍，跳高、跳繩、跳遠等。

後來，將永吉路房子賣掉，買了南港（實屬汐止横科路）的透天房子，未蓋好之前，我們舉家賃租在小小的房裡，距離小學還有一段距離，我們總是大帶小，小跟大的一起上學。

最後遷居到南港，才有安頓的感覺，一排的透天房子，左鄰右舍大家和睦相處，我也像孩子王一樣，總喜歡在夏夜裡和鄰居小孩一起講故事，編很多很多故事，有些是從故事書裡加工編派的，有些是自己臨時編的，大家很歡喜地過著每一個日子，總是無憂無慮的，而且還幫每個孩子取個小綽號，我是大老虎，有小老虎、賽跑健將，小魚兒，狗熊等等。

這樣的童年是賢賢無法感受的，他六歲前住在台北永和，只有一位大他八歲的堂哥，冷寂的人丁，我們就是他的大玩偶，帶著他到永和國小跑步，騎單車，盪千秋，到對街的何嘉仁書店拿著故事書講故事給他聽，到公館的金石堂閒逛，喝咖啡，到頂好市場慢步閒遊。再大一點，帶著他到仁愛路附近的誠品逛書店，吃小甜食，看故事。遷居新竹之後，有一群玩耍的孩童陪著他成長。讓他誤以為新竹就是家鄉。陪著賢賢成長，也是一段美麗的印記，每一場的親職座談會，不曾缺席。小學、國中、高中乃至於大學畢業典禮，每一場皆見證了他成長的過程。歲月忽忽悠悠，孩子成長了，我們也在歲月的穿織下，日益年邁了。

每一個人皆有童年，也有獨一無二的童年。在陪著賢賢成長的過程，感受歲月輪轉如此快速如梭，而我們就在孩子的成長聲中，逐漸老去，青春遠逝，童年不再，望著載欣載奔的孩童們，人生，就是如此複製吧。代代相傳。春江花月夜的「人生代代無窮已，江月年年只相似。不知江月待何人，但見長江送流水」。如流人生，就是如此淪逝。

二〇一八年一月二十三日

電話詐騙集團

正在家中校稿，急著將二校稿完成，寄出。突然接到一通電話，立即陷入一陣驚恐，整個人手腳發軟。

對方很霸氣的說：「你兒子在我手中，他替人作擔保九十萬元，現在對方不見了，要你兒子賠。」

「我要聽我兒子的聲音。」

聽到一陣哀叫聲：「媽媽，我的頭被打破了，流很多血」

「你在哪兒？告訴我，我立刻趕過去救你」手足無措的我，急喊著和他對答。

電話傳來哭喊聲：「我不知道在哪裡，被他們一群人捉過來，媽媽，快來救我。我頭部流很多血，快來救我」一陣哭泣聲，非常危急。

我聽聲音是賢賢的聲音，沒有錯呀！讓我整個魂魄皆飛揚了。

然後一位霸氣十足的男人用電話告訴我，你兒子替某人作九十萬元擔保，對方失蹤，兒子簽了本票必須賠這筆錢。憂心孩子頭破血流，要對方先送醫院包紮，整個人很慌張，手足無措。對方慢條斯理的說：如果想救你兒子，這件事必須好好解快。

「錢是小事，我一定要救我兒子」

「那你就要聽我的指令，告訴我，你的手機號碼，還有，你現在有多少現金存款？」他打了我的手機，並且要我不要掛斷家中的電話。然後，問我存款現在有多少？要我到郵局提領現金，並且要我告訴他，穿著及特徵，他們會派小弟到郵局與我接應。在事情未解決前，不准告訴任何人。

心裡在盤算著，到底是詐騙集團，還是真的？心裡真的很憂心賢賢的安危，用九十萬元換回他的安全是我願意的。而且剛才真的是賢賢的聲音呢！可是，昨天中午才和賢吃午餐，送他到高鐵搭車，還看到他的LINE拍照紅豆食府呢！

心裡還是憂心著賢的安危，因為對方很狡詐，手機及家中電話皆通了他的電話，我不可能再用任何一支電話打了。

我說地下室電話不通，可能他要等我出了地下室，才能打電話給我。

進入地下室，的確收訊不良，跑到靠出口的地方打電話給賢，賢沒接，再打LINE，看到他三點二十二分有傳了一張研究室的圖片，確認他平安，心裡還是不妥，再打了一通電話，這回接通了，是賢賢的聲音，平安無事，正在研究室。確認了是詐騙集團，不理會對方的來電，逕行回家。

到了家，剛才對方不准我掛斷家中的電話，拾起來看，打了三十三分鐘呢，他們不准我掛室內機，是怕我偷偷打電話。我掛斷，再用家中的電話打給賢，說遇到詐騙集團，幸好，他說他平安無事。這時，我的手機響了六通未接來電，知道是對方的來電，不接。和賢掛斷電話，家中的室內機又響了很久，還是不接。賢叫我去報案，沒有電話號碼，無法報案。

這真是一個恐怖的經驗，利用人心的弱點，知道父母愛子女是天性，知道我非常的疼賢，利用兒子受傷來要脅，差點被騙上當，幸好急時和賢賢聯絡上了。如果，沒有及時和賢賢聯絡上，恐怕真的會被詐騙集團得手。我交代賢，隨時上傳LINE，知道他平安。這回就是因為他上傳了一個研究室的笑話，才讓我確認他平安，也才能脫困。

驚魂一記。唉，台灣人啊！為何詐騙集團如此興盛。從此，對於不明來電，皆拒絕接聽。

二〇一八年四月二十三日

遺言

三月中旬，婆婆因為暈眩，在廚房跌倒，頭部重撞地板，送醫急救，雖已大抵康復，但是，暈眩的情形仍未能稍減，且頭部仍有血塊未消，須俟時日，體內慢慢吸收才能減緩。因為暈眩，所以不能行動自如，凡事不能自理，因為一站起來就會暈，怕再次跌倒，所以平時必須有人陪伴如廁，用膳，起床，下床等事項，如此不便，當然不能外出了。且因為生病口味較重，吃什麼皆沒有胃口，一餐也僅能吃三個水餃，實令人憂心她的健康狀況，告訴她，想吃什麼就說，讓我們去買來吃吧。但是胃口不佳，什麼也不能入口，我帶了嬰兒肉鬆，還有清蛋糕，皆無心吃食，也只好作罷了。

上回，去探望她的時候，聽小芹說，她擔心自己開腦部手術若不成功，是否要交代遺言呢？這當然是她的多慮了，因為她的狀況尚不須開刀。但是，聽在我們的耳裡，卻份外的刺耳或是感傷。

遺言，二字好沈重喔！亞傑往生，沒有親人在身旁，一句遺言也沒有留下來，怕他有遺憾，但是，心裡又很寬慰，因為沒有遺言，我們不必背負太沈重的生活壓力，因為不知道他的遺願是什麼？是整理舊著嗎？是整理書房嗎？我想，唯一可以幫他完成的事，就是整理舊著出版，數年前已將舊著託大陸朋友在上海出版，結果一拖多年未果，心想，這樣拖著也沒有了時，遂在去年八月中旬，由萬卷樓出版，並舉辦新書座談會，圓滿成功，這事也讓學界多了一本台灣經學的著作了，雖未必可以擲地有聲，但也代表我的一份心意，將遺著完成出版，讓他了無遺憾了。

如果，是我呢？遺言是什麼呢？是要完成什麼呢？

不必留遺言讓生者感受沈重的壓力。死者都已死去了，何必再加壓力給生者呢？生者要承負失去親人的傷痛已夠沈重了，何必再問什麼遺言呢！活著的人還有生存的壓力，何苦再讓他們揹負莫名的要求呢！此生此世，無所求無所歡，沒有享受榮貴，也不必享受榮貴，只要平平實實的過活就好了，努力活一輩子，努力書寫想寫的文章就好了，不必再求什麼呢！胸有詩書氣自華，讓自己活得昂然一點，沒有遺言，沒有遺願，讓一切了無遺憾。

二〇一九年三月二十五日

輯五：歌：音聲流轉

失語

曾經是很熟悉的詩歌吟唱，迭經歲月的淘洗之後，蕩然無存，一字一句皆無法成吟成誦，才知道流逝的光陰如此催人老，催人衰，無法留存的記憶似是跌入宇宙黑洞之中，無從尋覓。也才知道人的能力、記憶如此有限，曾是那麼愛喜的歌吟也經不過流光的摩挲而消逝殆盡了。

高中時期，在資訊不發達的六〇年代，第一次接觸古典詩詞吟唱是在高一時原任國文老師請產假，由代課老師教我們唱〈將進酒〉、〈楓橋夜泊〉、〈長干行〉等曲調，原本就喜歡古典詩詞的我，有了歌唱的旋律之後，益加喜愛用吟唱的方式來記憶詩歌，後來，隨著年歲成長，也逐漸忘記了這份悸動。

大學畢業到政大修教育學分時，才由已在職的同學分享詩詞吟唱，也買了一些卡帶學唱，包括了國中、高中課本中常見的詩詞，自己也在聽誦中逐漸學會鹿港調、宜蘭酒令、歌仔調。自己也嘗試將最愛的黃梅調編進詩歌之中，甚至流行歌曲的〈魯冰花〉、〈包青天〉、〈鳳陽花鼓〉的曲調也一一編進去。

早年在大學教詩選及習作課程時，往往也播放、教唱詩歌吟唱，也常會將以前陳逢源基金會舉辦的大專青年詩歌吟唱的比賽播放給學生們看，讓他們感受聲文之美。然而，隨著學生不太能接受這種傳統的唱法之後，我也僅能偶爾播放，甚至在同學不斷地低頭滑手機之後，也喪失了播放的動力了。

然後，再經過了多年的歲月流蕩之後，早已不授詩選課程了，彷彿之間，斷了一條聯繫古典詩詞的航道。近日，因為雲起龍驤的詩歌吟唱交流，才讓我重新感受聲律之美。也嘗試重新拾回那種旋律的悸動，甚至讓自己重溫年少時的歡唱心情。經過二十餘年教學後的嗓子還能唱出宛轉動人的歌吟嗎？不論是否可以唱出那種清亮的歌聲，對我而言，能夠歡唱就是一種美的感動，感動在歌詩文字與旋律共譜的美感之中。

為了重拾那一份歌吟中的感動，為了追回詩歌中的美感，啟開YOUTBE，聆聽李白的〈將進酒〉，我真真已無法記得吟唱的旋律了，聽著吳秀真的河洛語唱著鹿港調，聽著王偉勇老師的〈將進酒〉，聽著聽著，整個人非常的焦慮、迷離，似乎迷失在歷史的關口之中，原來，河洛語雖是我的母語，但是求學過程中，習慣運用國語表述與言談，所以，重新聆聽河洛語時，我竟然一字一句努力的聽、拚音、學習。

然而，曾經是很熟悉的〈將進酒〉，我真的無法轉換成河洛語，聽了上句，忘了下句；聽了下句，忘了上句，無法連章成篇的詩歌，被割裂的非常片段，焦慮的心情不斷地起浮跌宕在心臆之中，斷簡殘篇，無法成吟，無法成誦，如何找回，不僅是如何運用河洛語把〈將進酒〉記住，更要記住旋律的變化。一有空檔，在行進中，在候車中，在火車上，不斷地反覆聽著他人的吟唱，才知道語言主宰一個人的思維甚為重要，以前吟誦或講授〈將進酒〉時是運用國語表述，一旦翻轉成河洛語時，才知道自己迷失在文字與語言之中，說不出來，也吟唱不出來，焦灼的失語症在此時迸裂而出，讓我完完全全無法思維以前如何感受〈將進酒〉，如何表述審美的意象，如何流轉婉約的體契李白的心境，文字與語言之間出現斷裂時，真真無法以短時間去彌縫這個天大的裂縫，真讓自己陷落在無以名之的空茫之中。不斷地聆聽，也不斷地重新學習河洛語，如何翻轉成自己思維可以表述的語言，對我暫時仍是一個很難的課題，然而，仍要努力的學習，從迷失的語言與思維中，藉由文字的導航重新找回熟稔的感覺，也才能啟動感發歌吟的美感。

語言文字經過流光的汰洗之後往往一無所存，那麼，人世間還有什麼是可以天長地久的呢？還有什麼可以經過時間曠隔與空間流轉的摧殘？曾經留存在思維中那麼深、那麼悠然的詩歌，真的經不住流景催人，經不住記憶的迷離，那麼人世間還有什麼是我們可以做為依託的憑藉，還有什麼是永恆不變的呢？迷離惝恍的流思就留存在曾經有過的記憶當中，流失在無名的世界之中吧！沒有什麼可以永恆，才知道麻姑長索繫日之無能，而日日月月仍然消蝕著我們的五濁人身，難以跨越流光催老催衰。

二〇一八年六月十日

耽溺與沈淪

近日以李玉剛的音樂作為生活的背景，也是襯託著忙碌生涯的一個頓號或逗號，讓自己可以在流轉的音樂之中，稍微喘口氣，感受悠然的生命情調。

早晨以〈剛好遇見你〉輕快的音樂作為一天的開端。其實，一直深深覺得可能他是在向范小寧對話。一個大她八歲，像姐姐一樣照顧他、成全他的女人，讓人覺得偉大與心疼。在李玉剛十年打滾、闖南跑北、摸爬帶滾的時候，她們相濡以沫，在李玉剛成名之後，她深深覺得他應該有更好的女人陪他，於是隱退消失，這種成全的大愛，很令人動容。心想，這首歌是不是在向她呼喚，十年的期許，再相逢，未知是一個什麼樣的境遇呢？從此薩克斯小公主范小寧也消失在螢幕上了。

〈再見，貝兒〉也是一首輕快的歌，卻在傳釋一種美麗永逝不回的感傷。姚貝娜是一個知名歌手，可惜三十三歲因罹癌往生，這首歌就是在向這位靈魂歌手致意，縱有千萬種不捨，亦須捨下。難忘眼眸泛光爛，歌聲輕唱菩薩蠻，輕聲撒嬌，輕步上闌干，手翹蘭花指，又要去採蓮，這些美麗的印記，在三十三歲成了歇止符，真的，很令人感傷，透過音聲輕快婉約傳遞那種不捨與留戀，在每一個晨光中，月夜下倍覺感傷。

〈那一夜，在北京〉、〈新貴妃醉酒〉皆是古今穿透，有歷史的深度，也有現在的身影，穿梭在歷史的長廊中，不辨今古，不辨男女聲。

〈雨花石〉又是一個古今穿梭的愛情，找不回的千年，留守在泥土中，一份深情化作無數的記憶了。

〈長安故事〉，也是摹寫三世一生的故事，穿越歷史的扉頁，深情在眸。

〈逐夢令〉，也是男女二人轉的歌聲，輕快中仍有著無限滄桑感受。人生，似乎無路可迴，只能在依依夢影裡尋覓以古接今的甬道中重逢自己的心情。

〈又見探戈〉，是少數的現代流行歌曲搭配二人轉，男女深情對照，緩慢的節奏，又是一種心情的流轉。

這些歌曲，陪伴著我，從起床到入眠，火車上的小憩，候車的聞聽，每一分每一秒在高亢的歌聲中跌入幽幽的光年之中，成為穿越唐代歷經生死契闊的過程。

除了音樂之外，也開始找他的視頻，所有的《跨界喜劇王》、《家有好兒女》、《魯豫有約》、《來吧我的歌》、《國色天香》，拚命的用他的影像以及生命的經歷來填補無聊的人生。

李玉剛因演藝需求，不僅懂布料，能書法，能化妝，也能自編歌舞劇，能設計戲衣，他不僅僅是一個歌唱者而已，也將自己提升到藝術家的過程奮鬥，令人感佩。《野草開花》一書寫自己奮鬥十年的故事，同時裡面有一節永失最愛，未知寫誰，應是寫范小寧吧！看到她和他一同上節目訪談，看到李玉剛對范的眼神如此有情，如此深情，如此關愛，自然可以感深他的情意流轉。這一段最刻骨銘心的愛情未能開花結果，也令人傷懷，范小寧是想全成李玉剛，可是對李玉剛來說，也可能是一種生命的悔傷。

李玉剛在藝術匍匐前往過程中，也嘗試跨越各種戲種，多元開發，使格局更加開闊，尤其是《跨界喜劇王》的楊妃，孔明，伶人等表現，真的令人驚艷，令人佩服。而他的造型也百變，最難得的是，他永遠微笑，永遠心存感恩，永遠是良善的對待每一個人、每一件事，而且不會因為自己成名了，就對自己出身感到羞恥，反而讓淳樸的母親上節目，也參加《家有好兒女》，看到母子互動，自然不做作，真的很令人激賞，從庶民走向國家舞台，從民間走向歌劇院殿堂，沒有努力，何來肯定呢？最不一樣的是，他的口條非常清晰，而且頗有人性的深度，習佛，更深化了他歌曲的意境，他的全方位的表現，成為我關注的焦點，也看到剛粉不斷地追星。他的顰笑，牽動了影視界，也牽動了觀眾們的眼目，讓人流連在他忽男忽女二人轉的歌聲中，也逡巡在華美裳衣及古風的旋律裡不肯走離。

二〇一七年十一月二十日

錯置

《四美圖》，看著李玉剛張揚著華裳，雙聲演繹珠圓玉潤的歌聲，飆高音，音域高亢引吭，導人進入華麗的嗓音與假音之中，似乎穿霄越瀚，流轉在天上人間，收攝我的眼目。如何，可以穿古越今，演繹華美的身世，淒涼的情思，以及不被人知的流轉心情呢？

如何，我是一襲翠裳，足蹬著高跟，腳踏著舞鼓，悠揚著舞動水袖擊鼓歌唱。如何，可以是伶人，在舞台上手眼身法，慢慢地展演細膩悄然的情思，讓觀眾如痴如醉。如何，如何，可以迷倒眾生，在專屬的舞台上，蹁躚舞踊，流醉在旋轉的音聲裡婉轉千回的唱出千古情歌，唱出醉人的舞曲？

念此生此世，沒有翻轉身分的餘地了，只能在僅有的人生舞台上繼續扮演自己流宕難遣的悲情。

如何，滄桑的心情可以和楊妃對位，可以和昭君唱和，可以和貂蟬共歌歡舞，和西施一同浣紗。唱不盡的迴旋曲，不斷在舟車中播送著深情難喻的情懷，在夜深人靜時，一遍遍，一回回悲情地播放著不同世代女子的情思，讓我似乎跌入古典的世界裡。老靈魂如何面向人間，看到溫婉的字句，看到可人的容顏，看到流轉的旋律，皆引發我跌入的心情，整個人的情思跟著掉進其中。我想，是我流連忘返於古典與傳統？抑或古典是我的前世今生？我是那一個迷醉在花容月貌的故事中的老靈魂嗎？還是，根本就是錯置身分在此生此世。迷離之間，看到自己的前世今生，難以排遣？一聽古典的、傳統的歌舞劇，整個人的心思也飄飄蕩蕩起來了，是否是我的前世今生，一直沈淪在無可逆迴的古典之中？一傾入其中，便難以脫身，問我，何能如此？何必如此？然而，走不離的古典似乎是我錯置的身分，是前世，抑是今生？一直徜徉在這樣的古典世界之中，讀詩讀詞，讀曲讀劇，總讓我飄搖在無可救贖的境域之中，無以自拔，讓我一直，一直流轉在迴旋曲中，走不出。游不回的旋律中，不斷地徘徊，逡巡其中，是我的心情跳不出、走不回，抑是老靈魂一直就是縛著這樣的故事，演繹在今生今世？

想著李玉剛不斷地演繹著美人的故事，而我呢？當如何演出文學家悲愴的生命？蹭蹬偃蹇的一生呢？如何讓我的舞台更能張揚文學家的情思？如何讓文學家的故事一遍遍地傳唱在人口之中呢？如何，如何，讓我從錯置的人生，重回文學家錯置的口說之中？讓這些美好的、淒涼的，無可言說的哀情，一一流轉在我的口齒之間，流香婉轉在聆聽與口說之間呢？

想來，無可迴轉的人生，無路可迴的人生，只能繼續翻演他人的故事，而自己的舞台就是文學家曾經有過的迷離身世，不斷地在口齒間彰揚豁顯了。

錯置的人生，何妨如此繼續演繹下去，有觀眾，無觀眾，皆無所謂了，只要能將文學家的故事，一遍遍的說下去，一回回的演出，就是千種風情，也能流轉在天宇地宙之中了。

二〇一八年三月十四日

流轉的樂音與歲月

和賢、藝珊出遊，車上以輪流點歌的方式開唱，遣度悠悠開車的時光。

年輕人的歌，總是節奏輕快，與時尚搭合，王力宏的〈北漂〉，周杰倫的〈等你下課〉，以及一些記都記不住的歌名，他們開口唱，若我會唱幾句，也會跟著唱，雖然不記得他們點的歌。但是，永遠會記得自己愛唱的歌，無論經過歲月流轉，仍然深情在心底。不僅僅記得音樂、歌詞，最重要的是連與歌同時流蕩的歲月一一映現眼前。

〈剛好遇見你〉是一首輕快樂歌，唱時，總會浮出晨起的日子，由這首歌做為一天的開端，以示好心情。

〈拜訪春天〉是初讀大學時的歌，小鎮叩合淡水小鎮，在音聲之中回憶年少青春，以及種種情思流蕩。

〈何年何月再相逢〉，也是大學時流行的民歌，一曲高歌，似乎欲人傷懷斷腸的歌詞，唱來心酸有味。

近日聽了許多古風的歌曲，喜飆高音的我，我也跟著和。〈新貴妃醉酒〉的高音是「愛恨就在一瞬間，……」，〈梨花頌〉的「梨花開，春帶雨……」不僅歌詞寫出楊妃的深情，也唱出乾旦梅葆玖、唐文閣、李勝素、巴爾特、王翔浩的師生情誼。像倒帶的記憶，不斷地翻滾著她們絕世風華的妝扮。還有〈長安故事〉的三世情緣，〈雨花石〉的千年情意，每當飆高音時，總是讓人暢快欲絕。音樂，讓人心情流蕩在天上人間，在桃花繽紛的樹下，在陌上相逢的流影之中。婉轉的音聲，總是鉤起許多生活的片段，似斷非斷，似連非連的過程中，感興唱出生活的意象，彷彿之間，我也是貴妃，也是雨花石，也是長安陌上飛花，也是伶人上妝，也是國色天香。

音樂，將我從塵俗之中救贖而出，將我從悲情之中救度而出，愛著，哼著，生命之中，因為有了樂音流轉，才能讓平凡平淡的生活有了一點點欣悅的念想，一點點存在的快樂。

每一首陪著走過歲月的歌，似乎也在喻示歲月的流轉。高中時，最愛唱的是《梁祝》以及《江山美人》的〈戲鳳〉，而今，不時興黃梅調了，我還能哼幾句，只是最愛的歌曲今日能和者有誰？想必知音，仍是如劉彥和所云：音實難知，知實難逢，逢其知音，千載其一乎？

在歌聲中，遇見一個不一樣的自己，一個愛飆高音的我，與凡事唯唯諾諾的我，不可同時而語。

在歌聲中，也重新遇見年少的自己，一個愛唱歌的我，總是在少人乘坐的公車後面高音飆歌，無人阻擋，興頭高時，旁若無人的高唱各種歌曲，包括蔡琴的〈月琴〉，〈天天天藍〉，《西廂記》的片段，愛唱不擇古今，似乎只要歌唱，歡樂即跟隨而至，高中的同學，也樂愛此道，常常在校園、教室拿著《弦》譜K歌，在植物園、陽明山或合唱或高歌，皆讓人快樂不禁。

年少無悔，而今，年近耳順，尚能歌否？只要有歌聲就有快樂；只要快樂，就要引吭高歌。人生，如此，才不負此生此世。

二〇一八年二月二十二日

面對

人生，最難的是面對。真真實實的去面對不太敢面對的事情，面對真真實實的世界張羅給你的舞台。

看到《天籟唱將》中的陳坤，資深演唱者，因為一個一九九五年出生的女生三郎哈姆的挑戰，整個人被刺傷了。悶悶不樂，因為三郎說，這個世代要給九五年的翻轉了。三郎是藏族的女孩，天生嗓音如天籟般的高亢嘹亮，真的很令人驚艷，但是，她的驕傲以及演唱技巧不太能把握，敗給舞台經驗豐富且資深的陳坤。陳坤的壓力，從演唱前到演唱後，整個人不似其他演藝者的歡喜心面對，他的沈重壓力可想而知。只有，當他在演唱時，活力十足，真的，整個舞台是他的，他的魅力不是在紅皮衣白褲的裝扮上，而是在那一份充足的自信，讓人看到了舞台的美，以及演唱者投入的美。終於他勝利了，但是，他也表述，三郎的話語深深的刺傷他，讓自己悶悶不樂。

歌唱有世代之別嗎?只要能唱動人心就是好的，不管世代了。莫文蔚挑戰饒舌，背很多的歌詞，雖然輸了，但是她的風度讓人歡喜。

張杰，一個年輕新踏入舞台的歌者，他的自信，以及華晨宇花花的演唱技術，皆是一流的，但是，他們彼此惺惺相惜，真的很讓人感動。要贏，就要有風度，說了：一個有自信的人，肯定可以走得很久很遠。這句話我很愛，出自一個年輕人的口中，也給我很多的感觸。

花花真的是很自信的人，未上台前就給自己打了一百分，演唱過後，給張杰打八十分，給自己打九十分，改編台灣的〈阿里山的姑娘〉，唱腔一改，整個韻味完全改成他的版本了，他也說，去年舞台一別，到美國重新學習音樂，喜歡中國的五音，改編後的唱法，也博得大家喜歡。只要有心做音樂，相信，可以有進境的。張杰唱〈回娘家〉，整個舞台活潑起來了，似乎將年輕人的活力帶進舞台，活潑生動的〈回娘家〉一曲，改了那種兒女呢喃之語，而是嘹亮壯闊的感覺呢！很喜歡年輕人這麼有自信的活自己，也讓別人感受他們存在的力道。

江湖走老，多年來的生活磨平了生活的銳氣，自信早已不見了，整個人閒閒散散的。重拾自信是必要的課題。一個實力強的挑戰者可以加強自己前進的能量，可畏的後輩，讓我看到了大陸年輕人的自信與勇敢面對真實挑戰的能量。真的，在台灣有這樣的人嗎?轉台看到做音樂的年輕人，只是勇敢直前，但是，並沒有很強的氣場讓人懾服，有的只是勇氣而已。

大陸崛起，中國崛起，看到全面競爭的舞台，無論是歌唱，是工作，是電商，是研究，他們的能力與能量是不容小覷的。我們呢?可以擺在什麼樣的方位呢?期待可以東山再起，不要只有曾經擁有的高峰，而無法再創更多的高峰了，相信，強勢崛起，可以有能量再做更多的事，寫更多的文章，以前好好的傳道授業解惑。每一次看歌唱節目，總是類比成自己可以思維的場景，這種移情借代，讓自己更有能量的面對人生的挑戰以及不想面對的事實。唯有真實面對，才能打開心胸去面對種種的挑戰，才能有源源不斷的能量灌注全身。加油了！

二〇一八年十月十五日

救贖的歌聲

中興學期結束不到一週，我卻像度過千年萬年之久。悠悠地遣渡著百無聊賴的寂寂歲月。其實，並非無事，也一直在忙碌中奔走。在學校的時候已閱畢所有的考卷及作業，也處理完本學期四科的成績、下學期的預定進度表、下學期的講義等等。回到家中，又開展繪本文學的講義製作，花了近二天的時間編寫一些授課講義，總是希望精采有料，讓學生有所期待。接著又忙著今年所有研討會的安排及論文相關構思，似乎馬不停蹄的動腦，也運動。然後，寂寂一人在家中獨食，獨自品味著孤寂的滋味，也忙著各種事務。

今天週四了，彰師還有一班期末考要監考及收卷，十一點十分前進高鐵，整個人似乎被孤寂打敗了，憂鬱的神情，似乎很能了悟張國榮的跳樓自殺，了悟樂蒂、林黛無助的自殺。總是，在無人牽引之下，最易跌入感傷的世界，搭乘高鐵，知道心緒不佳，只得藉助音樂來救贖。最無助的時侯，只有音樂，只有音樂才能讓我有絕佳的動力，無論是感傷的音樂，或是快樂的音樂，旋律一啟動，我的力量就倍增了。

不知道何時，手機的音樂定在李白的〈秋風詞〉，原來，是在期末時，為了增強吟唱功夫，定在迴旋中，讓自己每天每天可以重複聽唱，學唱。音樂再跳到李玉剛的〈剛好遇見你〉。這首歌是我聽了千遍萬遍仍不會膩的歌。有一學期，每天在宿舍播放這個曲子，一邊是學唱，一邊是藉由輕快的旋律忘記惱人的事情，讓身體的節奏跟著舞動起來。千遍萬遍也不膩的應和著節拍，活在迴旋曲中，就是生活模式。

有了音樂的滋潤，心情也緩和起來了。不再憂傷，不再感傷。

記得有一陣子喜歡聽李玉剛的歌，千回萬回的聽，一首首學，一首首唱，有音樂有歌聲的日子，真的很快樂，也能忘記憂傷，忘記悲情。

學唱〈牽絲戲〉，高音的地方我也會跟著飆高音，似乎只有飆高音才能讓自己非常的快樂。記性不好的我，進到〈弱水三千〉，似曾相似的歌名，一點印象皆無，一聽旋律才知道，原來是上學期每天在宿舍沐浴必聽的神曲，我居然弱智到，聽了一學期的歌還記不下來歌名。這是什麼世界呢！總是讓我感覺，失智真的離我太近了，太近了。

進到〈愛江山更愛美人〉，也曾聽了幾次，總希望學唱。後來才發現是一九九四年〈倚天屠龍記〉的主題曲，那時，是民國八十三年，那麼我在忙什麼呢？這首歌一點印象也沒有。那時，在誠正教書，也在台師念書，也一邊帶小孩寫論文，忙到不可開交，自然無暇看電視聽歌曲了，自然，這首未曾印入腦海之中。十一月，因為吳萼洋的關係才知道有這首歌曲。真的，很耐聽，也想學下來。

有一陣子偏好〈梨花頌〉，歌聲婉轉，讓我非常喜歡，但是，曾經是非常喜愛的歌曲，經過時間的消磨，居然連歌名都記不起來，只記有得有一首好聽的歌，卻一點記憶也無，只能從楊貴妃想起，想著想著，才知道是〈梨花頌〉。

記性差不打緊，怕的是失智之後的我，該如何面對我曾經如此愛戀的歌曲，如何面對曾經如此熟悉、耳熟能詳的歌曲呢?真不知道老邁的我,會變得如何,只能在還有能力、有力氣的時候多聽一些歌曲,預為未來留下回憶的種子,也為日後找回失憶的可能因子。

人生,什麼皆有可能,如何可以讓自己活得更自在,不活在感傷裡呢?旋律是能帶走憂傷的。那麼,前世的我,莫非是歌者?抑是樂師?不得而知了。但是,確信喜歡聽歌的我,因為有了歌聲的滋潤而能活得更好,尤其是在感傷之下,能讓自己活得更自在。

歌聲讓我從悲傷中走出來,也成為救贖的神物,總希望歌喉可以更好一點,那麼,就可以在獨處時把歌唱當成展演的舞台,演繹不同人生的風華了。

二〇一九年一月十七日

耽美,在崑曲的流域裡

不知道為何,對於傳統戲劇有著如痴如醉的著迷,像中邪,像著魔,無藥可救。無論是歌仔戲、崑曲、京戲、越劇、粵戲……只要是有歌、有舞、有聲、有身段的戲劇皆讓我沈迷,耽溺到無可救奪。

一踏進台中國家歌劇院,整個心情竟然放鬆到自己都感到不可思議的敞開,不可自已,嘴角上揚,滿心期待開始展演。

今天的劇碼是《玉簪記》,一個男情女愛的故事。男主角潘必正落第借寓在姑姑的女貞觀裡。而陳嬌蓮因戰亂與家人失散,欲自殺,被安頓在女貞觀裡,賜號妙常,男才女貌,風華正好,眉目有情,互通情愫。妙常青春豐茂,原不意皈依,因世亂不得不求安身立命之所,但是,女子的情思是流蕩在無邊的春色之中。而潘必正也是青春當時，見妙常亦是興情感緒，二人正是互相取暖。不意，姑姑為求寺中清靜，亦懼風流事件玷污寺風，立即遣姪兒赴臨安會試，考期尚遠，無奈姑姑強押上船，妙常得訊以輕舟追趕，秋江上離情依依二人互訴情衷，並且互贈信物，玉簪、扇墜以表憑記。

故事軸線不是很複雜，單線發展，但是導演導得非常好，手眼身法、唱念作打，皆分外有戲，尤其是如歌如舞的身段搖曳，令人如痴如醉，而〈偷詩〉一幕將男女有情有意又靦腆的情狀刻畫得非常深動，至於〈探病〉中的書僮也表現得聲色俱佳，挑起諧趣的打諢；〈秋江〉的划船戲也非常有趣，小船姑與妙常的對話，妙常心事全在追趕前面的大船，而船姑全然無知的趣味性也表露無遺。

坐在第二排的貴賓席中，字幕就在眼前，看英文，看中文，對我皆兩便，沒有視力的問題，才知道看戲要買貴賓席才是享受，這也是我這麼近距離的看戲，比白先勇更前二排，比鄭愁予更前數排，我就是在正中的前面，很享受這種近距離聽戲看戲。因為免費贈票，才能讓我有這麼好的位置，若是花錢買票，肯定會被發配到邊疆地帶呢。

盛況空前，座無虛席，見證白先勇力推崑劇的力道。十餘年來，全力推廣崑劇，也讓欣賞的人口上升，讓更多的青年學生子弟喜歡傳統戲劇。

流轉在身段歌舞之中，心情如此喜悅、耽美。就是如此，在視聽之中，艷絕享受。

二〇一九年二月二十八日

歌吟如風

連著數週，行進間或搭火車時，一有空檔，馬上播放李白〈將進酒〉學唱鹿港調。聽著王偉勇教授的吟唱，聽著吳秀真的朗誦與吟唱，似乎就是想讓歌聲嵌在心底腦海裡，刻骨銘心，永矢弗諼似的。但是，鹿港調真的音聲高亢，激進不似歌吟，學唱，除了要學河洛語之外，還要記得旋律，因為是隨時隨緣，所以並不在意是否真的學會了，只是讓自己反反覆覆聽唱，希望用深刻的記憶將旋律嵌進腦海之中。聽著，久而久之，也能順著旋律哼幾句了，雖然河洛語仍不輪轉，卻也略能聽懂了。

一直覺得鹿港調的〈將進酒〉，不是好聽的曲調，只是為了將詩記住，採用歌吟方式才能長長久久，詎料年事日長，記性日差，能記得的歌詩真的越來越少了，而且能成誦的詩詞若未經歲月汰失者幾希，〈將進酒〉，原是用國語方式記憶，如今翻轉成河洛語方式記憶，讓我必須從焦灼的語言之海中提鍊精純度來演說河洛語，也才能吟唱。就是這麼糾結的心緒讓〈將進酒〉久久未能以河洛語成誦的原因。

今天，在康河隨意散步時，隨機跳開手機〈將進酒〉的吟唱，進入李玉剛的〈好妝容〉，輕聲婉轉的歌聲，聽的好感動啊！輕輕的歌唱，婉轉有情的文字魅力，似乎之間召喚而有了寫詩的動力了。為何如此呢？為何呢？連聽了數週的〈將進酒〉為何無法召喚我，而一首流行歌曲居然可以喚醒蟄伏的寫詩心緒呢？

原來，雖然與詩的內容有關，更多的是旋律的感動。一直覺得〈將進酒〉的吟唱方式是激進、用吼的，無甚美感，不是吟唱者不好，而是曲調本身編寫的旋律，無法引發我的共鳴，也無法將李白的心緒好好的表達出來，所以學再久也一直無法感受那種曠達爽健的氣度，只是為了學唱而唱如是而已矣，反倒不如簡單的流行歌曲〈好妝容〉輕輕柔柔的訴說著悲喜哀傷如此幽婉動人。今夜，就讓〈好妝容〉陪著我走過幽林，穿過校園，希望有了歌曲的召喚，而能讓心情更細膩妥貼而自在寧淡。

二〇一八年六月十四日

女兒國

寂寞的時侯，可以排遣的方式就是聽歌。

曾經李玉剛的歌曲陪著我度過很多幽寂的清晨、晚上，走在中興幽邃的林蔭下，聽著幽幽的歌曲，將我渡越到一個想像的國度，是大唐盛世的繁華，是〈清明上河圖〉的喧鬧，是〈水墨丹青〉的幽雅，是〈長安故事〉悠揚，是南京〈雨花石〉的呼喚，是〈北京的那一晚〉的嘶吼，每一首歌都讓我如痴如醉，甚至是〈剛好遇見你〉，是心情沈悶無聊時最好的排遣，輕快的節奏可以帶著你脫離困境。

近日聽唱台語歌〈若是有一天〉未若〈女兒國〉可以讓人銷魂。因為音聲婉轉，且情詞皆符合我喜歡的含蓄悠然。〈若是有一天〉太過於直白了，且是台語思維，我真的還不是很習慣呢！

聽著〈女兒國〉，想著唐三奘的心情與女兒國嬌貴公主如何談戀愛呢？一個是任務在身，六根清淨；一個是情竇初開，喚醒了前世今生的記憶。二個人不可能有未來，也不會有未來。

以前的我，可能會為這個故事而痴迷，但是，此時此刻的我，卻無法融入這樣的情境之中。因為有任務在身的人，心心念念的，就是任務，心是鐵的，什麼也融不入的。就像此時的我，只想好好論述，所以什麼人間情愛皆無所動心，也不能動心。用這樣的心情想像唐三奘，也應是如此一般吧。

同樣的，看著郭春美的歌仔戲《青春美夢》，講述張維賢與日本女子美智子一段無法結合的愛情，唱腔優美，改編很多民謠，加入很多歌曲元素，讓歌仔戲傳統的曲調注入很多現代的元素，多元而靈活變化，我真的很喜歡聆聽這樣的改編歌曲，但是，對於情愛的感動已經不像以前那樣了，不再能夠痴迷陶醉，也許是年紀，也許是心境不同了。

聽歌，仍然是一種享受，但是，不再為其中的情詞所撼動，而是只能迷醉在曲調之中的婉轉旋律了。

二〇一九年七月八日

身騎白馬走三關

日前聽到一首歌，徐佳瑩的流行歌曲，竟然將歌仔戲薛平貴的故事寫入歌辭之中。乍聽之下，很令人感動，感動一千多年前的愛情故事。

王寶釧為愛情捨下榮華富貴，堅守寒窯十八年。薛平貴離開中原被西涼公主招為駙馬爺，十八年來日日不忘王寶釧，乃改換素服走三關回中原。這個愛情的動力必需要有三方面的堅持與信任才能完成。

王寶釧堅信丈夫一定會歸來，十八年來，苦守寒窯的孤寂，誰能夠知道呢？一個千金大小姐嫁給寒貧之人已是可憐了，還要面對無盡的寂寂長夜，十八年，不是十八天，多少個寒盡春來，甘心守候，這是真誠的愛情。

薛平貴不因西涼駙馬，享有榮華富貴而忘記髮妻，也堅信王寶釧一定會守著等他回來，這種信任，讓他拋下西涼公主及子女回到中原去，堅貞信守一定會歸來的誓言。

而西涼公主也讓人感動，相信丈夫不會無情的拋下她而一去不還，也感動他為尋髮妻的真情。

信任，是這個故事的節點，也是令人感動的地方，在現代的快節奏裡，誰還能如此信任愛情？外遇，小三，不信任，迭起，以為不會被發現，終究紙是無法包火的。真心，是人與人存在的份際，也是信任的基礎。

二〇一九年三月三日

歌唱班

在朋友的帶領下，嘗試參加竹北市公所的歌唱班。

到市公所對我有點困難，因為距離說近不近，說遠不遠，走路半小時，開車十分鐘，因為下班時段人車皆多，要我開車前往，有點畏懼，第一次是朋友騎機車載我去，第二次自行步行前往，還在想，第三次應如何前往。

初來乍到，很努力的學第一首歌：〈若是有一天〉。台語歌，楊哲唱的，深情有味，整個晚上二個小時，我很努力的學唱。

大陳老師的操作模式是：六點半到七點，先練唱上週的歌曲，若有學員願意唱，就可以隨意上台唱。有些學員把講台當成舞台，中氣十足練唱，抑揚頓挫掌握的非常好，儼然有歌星的架式。七點開始教唱歌譜及應注意事項，我因為初來，不太懂樂譜，從高中畢業再也沒有看過樂譜了，太久了，腦中一片空白，努力聽，還是不太懂，連簡譜學唱都有點不順暢。

教畢，大家跟著小陳老師的電子琴練唱幾次之後，便依序一個個輪番上陣唱歌。輪到我唱，我不畏舞台或講台，但是我不太會唱，大陳老師會在旁跟唱，我就依樣畫葫蘆，勉強唱完。雖然唱完了我還是把握在這個場地有音樂陪伴之下的二個小時，一遍遍學，一遍遍唱，但是，用錯嗓音，一會兒嗓子就啞了。問其他學員應如何用丹田運氣唱歌，一直無法體會並且把握要訣，還是用嗓音唱歌，真的，唱歌是需要再練的。班長說，他唱了十多年了，要我慢慢練，不要太急。

看到學員們個個皆很有把握的上台練唱，才知道他們回家都先練唱了一週，上台時，音準很準，連轉音都學歌星唱得有板有眼的。我也開始回家先聽歌，練唱。然而，台語歌的音聲腔調不準，連意義都要花很久才能理解。對我而言，台語歌是另一種思維方式，比起英文歌並不容易。

每天，每天，有空就聽歌練唱，感覺，台語歌不是男情女愛就是風塵味很重。真的很不喜歡這樣的歌詞，但是大陳老師選的歌，只好照著學，真的，感覺調性與個性不相符，雖然練唱，卻感覺不到快樂，平時唱歌是快樂的，但是唱台語歌真的不快樂。我想是因台語歌的關係嗎？不然。〈望春風〉，很有味道，是可以一再玩味的老歌，是台灣歌呀！那麼為何〈人生車站〉、

〈傷心吧台〉、〈紙雨傘〉這幾首歌，真是沒有味道、沒有韻味，可能調性真的不合我吧。雖練唱，反而沒有唱歌的FU。昨天從台北歸來的途中，重新聽古風的歌曲，唱歌的FU就來了，整個人非常愉悅，而且也開始學如何用丹田練唱，雖然沒有練成，然而唱歌的欣悅，讓整個心情很好。比起唱台語歌來，真有天壤之別。

台語歌真的是另一種思維模式，在我的腦袋瓜裡，似乎還要轉繹很多層次，才能完全體會歌詞的意義及樂譜的起伏，這真的是一種磨人的工作，百聽千唱就是變成洗腦歌也還是聽唱不自然。最重要的是江湖味及風塵味很重，唱起來一點感覺也沒有，到底我還能唱多久，自己也沒有把握。我想，可能是和學員來自四面八方，為了符合大家的品味，所以大陳老師大都挑些庶民的歌曲、流行歌曲、大家能懂的男女情愛的歌曲，然而，對我就是一種挑戰，喜歡含蓄有味的歌曲，聽到這種男情女愛的表述，真的，太露骨了，不愛就是不愛。比起〈梨花頌〉、〈新貴妃醉酒〉、〈女兒國〉、〈牽絲戲〉、〈弱水三千〉，差太遠了，我真的還是比較喜歡古風的歌，詞情含蓄有味，音聲婉轉，比起流行的台語歌，不喜歡就是無法勉強。

二〇一九年八月十一日

文與字，歌與聲

圖像與文字，習慣閱讀文字。看電視時，常盯著文字流轉，不看圖像，所以對於圖像與人物肖像的辨識度極低，故有「臉盲」之譏。

文字，遺移了我的眼目。但是，同樣是文字，習慣以國語思考，不習慣以台語或閩南語思考。這就是弔詭的地方，我是台灣人，母語是台語，但是，從七歲入小學，在校禁講台語，養成以國語思考的能力與習慣。昨天，拿到台語的歌譜歌詞時，我的思考能力，一直未能轉換成台語，唱了千遍萬遍，才能慢慢的體會台灣歌詞的內涵。真的，台語思考對我是困難的，如何回歸到台語的思考呢？可能還要再花上一陣子吧。而且台灣歌詞的表述與書寫方式，也不是我熟悉的文字，必須努力轉換成我可以理解的模式。

昨天，到竹北市公所的竹韻歌唱研習班學唱歌，有人一唱十餘年了，如果和她們比，實在無所比。何況，我的發聲部位不對，用嗓音，唱了幾遍之後，聲音沙啞了，不像他人，音聲渾成，能夠高低起落、抑揚頓挫有致。想來，還是得學習發聲的方式。下課，去找大陳老師請教，如何發聲，他說用丹田的力量和聲音，這個原理我懂，但是，不會使用丹田發聲，如何學習用其他共鳴器發聲呢？

早上收到鈺婷傳來的訊息，有一則教唱用共鳴器發聲，我喜出望外，但是，還是學不會，仍要努力學習，期待能夠唱一口好歌娛人娛己。

晚上跟唱了二個小時的〈若是有一天〉，整個人的心情變得不沈悶，不憂鬱了。因為有了歌唱的滋潤，希望重新啟動快樂的因子，希望能夠勇敢歌唱，用歌聲療癒心靈。

二〇一九年七月四日

運動女兒國

運動，是全民運動。看到很多賣場以販賣運動品牌攻佔重要的地理方位。走進新竹品品城，全館低樓層幾乎被運動品牌佔領，竹北高鐵附近的暐順也是以賣OUTLET運動服、球鞋為主；台北西門町的愛迪達有整棟大樓的賣場，而新竹家樂福附近的一級戰區也有運動品牌佔領重要的位置，顯見運動日益被重視。不論是男女老少，買幾件運動服、瑜伽褲、球鞋，似乎是很稀鬆平常的事情了。這顯示出：運動，是一種全民運動，大家熱衷其中，就算是不會跑跳，也會扭轉幾個瑜伽的動作。

在世界運動俱樂部，隨時看到男女老少進進出出的，任何時段皆有不同年齡層的運動者來這兒運動。

通常，男生喜歡自練，就著各種器材進行自我訓練。舉重，臂力，腿力，腕力，跑步、飛輪，各種器材可以進行不同部位及核心肌群的鍛鍊。

有氧教室，排定各種課程，分為有氧與無氧。通常，動態的是有氧，無氧是靜態的瑜伽類。有氧的舞蹈類有尊巴、拉丁有氧、街舞、MV舞蹈、GROOVE等。無氧的瑜伽有基礎入門瑜伽、陰瑜伽、療癒瑜伽、瑜伽球、提拉皮斯等，介乎有氧與無氧的還有進階的PAYA、墊上核心、多功能基礎訓練等。動態的運動尚有戰鬥拳擊、階梯有氧、槓鈴有氧等，課程種類很多，希望能夠滿足不同需求或多數人的需求。

通常舞蹈是女人的專利，男生很少涉足，偶有一二位，也是鳳毛麟角般少。似乎這是一個無父、無夫、無子的世界，大家陶醉在舞蹈的旋律裡，快樂的自high。在各式各樣的舞蹈課程中，看到環肥燕瘦皆熱烈投入音樂節奏之中，跟著旋律扭動身體，隨著教練的舞步依樣畫葫蘆。有些背影殺手，其實都已是五六十歲的人了，遠遠的，不看臉上的皺紋，你便以為是妙齡女子在跳舞，等你靠近她們時，才發現她們的年紀已是婆字輩了。真的，運動讓人年輕，將年紀的界限泯除，在旋律中找到快樂，而且各種年齡的女人，一踏進這個教室就像脫胎換骨一樣，輕巧如貓，捷健如猴，每一個女人都極盡可能的搖擺身體達到盡興淋漓，這時候，沒有什麼動作是不可能做到的，只要老師肯舞動，學員們一定有辦法學習模仿。在汗水的世界裡，讓我看到了自信與快樂。在舞蹈的國度裡，儼然是被音樂統治的王國。隨著樂音，無人不扭擺身體，無人不隨樂起舞，每一分鐘每一秒鐘皆快樂的釋放運動多巴胺，每個人都是音樂的子民，也是音樂的女王，統馭著身體的支配權。律動，讓世界更和協美好。

二〇一九年八月十一日

以歌為舟

出去散步，一個人在幽寂的路上行走，才知道人生，終究是要一個人踽踽獨行，沒有人可以相伴誰一輩子，無可奈何花落去，傷逝的情懷終究是無人可以對話的，最幽潛的心境是無可言說的。

運動，讓快如烈火的旋律釋放那一種幽寂無可言說的孤獨感，讓音樂、讓律動活出自在的自我，只有如此，才能消釋永日之枯幽。

聽歌、唱歌，演繹成生命的甜蜜，只有在旋律的跳躍中，才能贏得快樂。活在一個不存在的歌聲之中，才能活出另一個不一樣的虛構的人生。在歌聲裡流轉著生命的舟楫，讓浮沈的音聲帶著我沈溺在永不見天日的音域海底。一聲聲，一聲聲的流動著情感的幽靈，沈浮再沈浮，流動再流動，在歌聲中、在舞動的旋律中，感受快樂，也將音樂中的痴愛迷戀轉換成我人的故事，在前世、在今生，流蕩著、品味著、吟頌著。
如是，用音樂為幽寂的生命找到定錨。
如是，以歌聲為無明的浮生流遣光影。

二〇一七年十二月十日

國家圖書館出版品預行編目

寂寞如歌 / 林淑貞著. -- 臺北市：致出版,
2020.10
面；　公分
ISBN 978-986-99262-4-9(平裝)

863.55　　109013797

寂寞如歌

作　　者／林淑貞
出版策劃／致出版
製作銷售／秀威資訊科技股份有限公司
114 台北市內湖區瑞光路76巷69號2樓
電話：+886-2-2796-3638
傳真：+886-2-2796-1377
網路訂購／秀威書店：https://store.showwe.tw
博客來網路書店：http://www.books.com.tw
三民網路書店：http://www.m.sanmin.com.tw
金石堂網路書店：http://www.kingstone.com.tw
讀冊生活：http://www.taaze.tw

出版日期／2020年10月　　**定價**／320元

致 出 版　　向出版者致敬